徳 間 文 庫

警視庁公安部
第二資料係天野傑

今 宮　新

徳 間 書 店

目次

I　日曜日

1　日曜日　12：00　新宿駅前

奇妙な死体だ。

臨場した初動班の鑑識係員は先ずそんな印象を持った。

どこが、いったい、奇妙なのか。

自分の内に生じた違和感の原因をはっきりさせておこうと死体を頭の先から爪先まで見つめた。

男性用トイレの個室だった。

死体は、便座と仕切り板の隙間に腰を落とし、壁にもたれかかって、顔をこちらに向けている。辺りに飛び散った血しぶきがまだつやつやと濡れていた。

ストライプ柄のシャツに、グレーのジャケットを着て、ジーンズを穿き、紺色の布地のローファーシューズ。いでたちは血でぐっしょりと濡れてほとんど黒く見える。

個室の壁と板、ドアの内側にも血は派手に降り注ぎ、天井にまで飛んでいる。蓋を上げた便座も、中の水も真紅で、タイル床を流れた血が小便器の並ぶ向かい側の壁の下に達していた。

発見されたのはおよそ三十分前。買い物客が、ドアの閉まった個室の下から床に流れる大量の血を見て、店員に知らせたのだった。

六月の第一日曜、午前十一時。店員が恐る恐るドアを押すと鍵は掛かっておらず、死体の顔が見えた。

店の保安室から通報し、警視庁無線指令台の指示で、所轄の新宿警察署初動班と巡回中の機動捜査隊が相前後して到着した。

現場は、新宿三丁目、ピークデンキ。新宿駅東口そばにある大型家電量販店だった。地上七階、地下二階建てのうち、最上階の七階が事務所、地下二階が商品搬入場と倉庫になっており、あとは全階が売り場だった。

階段は売り場の外にある。商業施設だった築三十年の建物を、ピークデンキが買い取って改装し、新宿東口店として開店した際、外付けの北側非常階段を幅の広いものに付け替え、コンクリート壁で囲い、各階の踊り場に隣接してトイレを増設した。一見すると本来の建物の中のようだが、拡張工事をした外付けの階段部分なので、踊り場と店内との境は、透明ガラスの自動ドアで仕切られている。

発見者となった三十代半ばの男性会社員は、十時半頃に来店し、五階モバイル売り場でタブレットパソコンのアクセサリーを購入、それから階段脇のトイレへ行ったが、女性用だったので、階段を下りて、四階男性用トイレに入り、床にあふれる血を見たのだった。

前日から降りつづいた雨が朝方に止（や）んだばかりで客足は少なかった。

警察は北側階段を封鎖し、死体のある四階を中心に現場検証を始めた。

その鑑識係員は所轄署の初動班当番だった。

何が違和感を与えるのだろう。

死体を観察して、頭の中で整理した。

一つ目は、死人の青年の顔が美しいことだった。俳優にでもなれそうな美形なのだ。二十代半ば。身長百七十センチ前後。痩せていて筋肉質、手足が長い。髪型はマッシュショート。優男（やさおとこ）というのか、甘いマスクというのか、しつこいところのない造作だった。肌が白い。澄んだ目が半ば開いてこちらに向いている。左耳の下から喉仏（のどぼとけ）にかけて、鋭利な刃物のようなものでざっくりと切り裂かれていた。顔だけは血で汚れておらず、困ったようにしかめているのか、微笑（ほほえ）んでいるのか、どちらともわからない死に顔だった。

血の海からのぞく美青年の首。

こんなに美しい青年が、なぜこんな場所でこんな死にざまをさらしているのか。違和感のひとつはそれだった。

男だろうか。ひょっとすると女かもしれない。

ふとそんな思いにとらわれて、鑑識係員は、床の血に注意しながら死体に近づき、ゴム手袋をはめた指先で、そっと死体の胸を押した。筋肉質で女性の乳房の柔らかさは感じられない。指先を下げて、血を吸ったジーンズの上から股間に触れた。

「男だ」

血の着いた人差し指の先と親指の先をこすり合わせた。

「何だ？」

手洗い器を点検している別の係員が首をめぐらせた。

「このホトケさん、女かもと思って」

「なるほど。確かに。美しすぎる変死体ってか」

訊いたほうはあらためて死体を見た。

「男だよ」

血の着いた指先を見つめ、腰を伸ばして、血に染まったトイレ内を見まわす。

「派手に噴き上げたもんだ。殺ったやつは返り血を浴びたな。逃げるにしても目立って仕方ないぜ。お気の毒さま」

「いやいや、足跡がひとつもない。そっちの足跡は店員のだ。犯人は血を踏んじゃいない。

凶器も指紋も残していなさそうだし」

「プロか」

急所を一文字に掻き切った手際の良さ。痕跡や遺留品を残さない逃げ方。素人の怨恨や通り魔の発作的な犯行ではないかもしれない。

ふたつ目の違和感がはっきりとした。殺しというよりも処刑の印象を受ける。血染めの見せしめ、とでもいおうか。これまで多くの現場検証に携わってきたが、これほど濃密な血の臭いに満ちた現場はなかった。ここは犯行現場ではなくて処刑場なのだ。

だとすれば、刑の執行人はどんなやつなのか。

トイレ内に監視カメラはない。しかし店内の防犯カメラや、周辺路上の監視カメラに、その姿はとらえられているだろう。

階段から刑事たちの話す声がする。

派手な現場ほど事案の解決が速い。違和感はあるものの、犯人の特定と確保にそんなに時間は掛からない気がした。

2　13：00　西荻窪

久しぶりに仕事が休みの日曜日だった。目が覚めると雨は上がっていた。梅雨入りはまだのようだ。町内会の掃除があったので、天野傑(あまのすぐる)は、開始時間の昼の一時に、そばの児童公園に出た。

近所の年寄りや家族連れが三十人ほど集まった中で、傑と同じアパートの住人は、小学校低学年の男の子を連れた三十代半ばの母親だけだった。傑はこの町に住みはじめて一年ほどで、これまで掃除の日曜日と自分の休みが重なることは少なかった。いつもはどうなのか知らないが、五階建て二十世帯のアパートからたった三人の参加人数は多いとはいえない。肩身の狭い思いで、アパート代表のつもりで精を出した。

ゴミや石ころを拾い集め、地面の凸凹(でこぼこ)を鉄の熊手でならして整地する。三十分ほどで、ゴミ袋が幾つも積まれ、参加者はお疲れさんと声を掛けあって解散していった。子供には老人がご褒美に駄菓子の袋をあげていた。子供たちはどんな駄菓子が入っているかを見て、やったあ、と喜んでいる。

「キャプテン・ニンジャに似てる」

同じアパートの男の子が傑に向かって言った。掃除の間、傑に人懐こく近づいてきた子で、ずっと言いたかったのをやっと言えたという顔だった。

「キャプテン、ニン？」

「テレビのヒーロー物です」

母親が笑って教えた。傑は、身長が百七十五センチ、引き締まった体つき、きりっとした顔つきで、ヒーロー物の主人公か体操のお兄さんという印象がある。

「えいっ」

男の子はベルトに差していた物をいきなり投げつけてきた。プラスチック製の、先を丸くした手裏剣の玩具だ。投げ慣れているのか、手裏剣は縦に回転しながらまっすぐ傑の眉間に飛んだ。

傑は、すっと首を傾げて避けた。母親は悲鳴をあげ、

「すいません。駄目でしょ、人に投げちゃ」

きつく叱った。

「あの玩具は捨てるからね」

「あ、大丈夫です。当たりませんから」

傑は手裏剣を拾って男の子に渡した。

「お兄ちゃんには絶対に当たらないんだよ。もう一回投げてみな」

男の子は母親をうかがったが、止められる前に思いきり投げた。子供の手でも容赦がない。瞬時に傑の眼前に迫った。周りの人が息を呑む。手裏剣は傑の鼻先を掠めて後ろの植え込みに落ちた。傑は歩いていって手裏剣を持って戻ると男の子に手渡して微笑んだ。

「お兄ちゃんには絶対に当たらない。でも、お兄ちゃんだけなんだ。だから他の人には投げちゃいけないよ」

男の子は今度は素直に、

「うん」

とうなずき、母親と帰っていく。母親は振り返り、お辞儀をするが、謝意に加えて苦笑いが混じっている。傑の言うことが学校の先生みたいだと思ったのだろう。

花壇のプラスチックフェンスが割れているのを、何人かが残って修繕しはじめた。熱心なボランティアだった。

「手伝いましょうか」

傑は近づいた。五、六人の老人たちが割れた箇所を調べている。意外そうに若い傑を見たが、笑顔でうなずいた。

「そうかい、お願いするよ」

針金で補修する。傑は支柱が揺れないように押さえていた。老人たちは町内会の古い知り合いらしく、傑にはわからない住人の消息を雑談混じりに話しながら作業する。それが済むと、一人の老人が脱けて、軽トラックを公園の入り口にまわしてきた。老人たちは積まれたゴミ袋を荷台に運ぶ。傑はそれも手伝い、運転席の老人にたずねた。

「どこまで運びますか」

子供に駄菓子を配っていた老人だった。胡麻塩頭を刈り上げ、四角張った顔に、穏やかな表情の、六十過ぎの男だ。

「隣りの公園にゴミ収集車が来るんでそこへ持っていくんだ」

「じゃあそこまで手伝います」

助手席に乗り込むと、マニュアル式のギアチェンジだった。老人は低速でエンジン音を響かせて発進した。一戸建ての住宅地を排気ガスを吐きながら走り抜けていく。

「あんた見掛けない顔だが。最近越してきたのかい」

「一年ほどになります。掃除の日と休みがなかなか重ならなくて」

「仕事は何だい」

「警察官です」

老人はちらと傑の横顔を見た。

「そりゃあきつい仕事だな。夜勤も多いんだ。酔っ払い相手にたいへんだね」

どうやら繁華街の交番勤務をイメージしている。老人自身が酔っぱらって世話になるのかもしれない。

「どうだね、この町の住み心地は」

ガクン、と車体がつんのめる。傑はマニュアル式のギアに目をやった。

「気に入ってます。西荻窪(にしおぎくぼ)は自分の生まれ育った町に似ています」

「お里は？」

「三鷹(みたか)です」

「近いじゃないか、ここと似てるかい？」

「昔懐かしい感じがします。町も落ち着いていて」

「この頃は町の空気もちょっと変わってきたがね。吉祥寺がにぎやかになって、こっちへも人や店が流れてきて。あんたはマンション？」

「シティメゾン西荻窪です」

「ああ、あそこね」

「官舎の空き部屋待ちのつもりで入ったんですが、すぐまた引っ越すのも面倒だし、この町が気に入ったしで、しばらくここで暮らそうかなと」

老人は別の公園の入り口に車を停めた。道端にゴミ袋が積み上げられている。傑は降りて荷台のゴミ袋を移した。

「ご苦労さん。シティメゾンまで送ろう」

「ここから散歩して帰ります。町のようすも見たいので」

老人は座席に置いた紙袋から、駄菓子の入ったビニール袋を出して傑に手渡した。

「これどうぞ」

ラムネ、風船ガム、メガネチョコ。傑が子供の時に好きだったものだ。老人は言った。

「小学校のそばで駄菓子屋をしてます。せんだ屋。私の名前が千駄なもんで。子供さんがいるならご贔屓に」

「まだひとり者でして。天野といいます」

「天野」

せんだ屋の千駄老人は、ふと怪訝そうな表情をみせたが、エンジンを掛けて、片手を挙げ、車を出した。

傑は軽トラックが排気ガスを吐いて遠ざかるのを見送り、静かな住宅街を歩きだした。

3　14:00　西荻窪

一戸建て住宅の並ぶ中に、民家を改装したカフェや雑貨店がある。せんだ屋の老人の言うように、吉祥寺の賑わいが流れ込んできたのか、それともその賑わいを避けてきたのか、懐かしい色合いの住宅にお洒落な色合いが混じっている。

シティメゾン西荻窪は駅から傑の足で五分。駅前商店街のざわめきから住宅地の静けさへ移る境に建つマンション、アパートのひとつだった。

五階建て賃貸アパートの四階。東向き2LDKで、改装してあるが築年数が古く、そのぶん家賃は相場より少しだけ安い。エレベーターを降りて通路の奥が傑の部屋だった。

玄関ドアを開けると、小さな玄関とキッチン。四畳半の寝室と六畳のリビングルーム。

家電品は少なく、すっきりと片づいているが、リビングルームには、体を鍛える器具が揃えられ、個人用トレーニングルームと化している。ベンチとダンベル、チューブ、ローラーなどに囲まれて、サンドバッグと木人椿が並んで立っている。中国の拳法で練習に使う木人椿は、立てた丸太に木の棒を何本か付けた器具で、接近戦のトレーニングを行うものだ。

以前、若い女性が二人で部屋に遊びに来て、この木人椿を見てぎょっとなり、ジャッキー・チェン？　ブルース・リーだっけ、天野さんて格技オタクなのか、と苦笑いしていた。壁に掛けた大きな鏡を見て、二人で目を見合わせたが何も言わなかった。格技オタクなうえにマッチョな自分を惚れ惚れと眺めるナルシスト、と思ったのかもしれなかった。いやいや、鏡は自分の姿勢や拳法の型をチェックするためのもので、と言うのも何やら弁解するようなので、黙っていた。そのうちの一人を、傑は気になっていてつきあいたいと思っていたが、部屋に遊びに来た後、相手のほうから距離をあけて傑の生活圏から消えていった。

傑はキッチンテーブルに駄菓子の袋を置くと、卓上の円い置き時計を見た。二時を回っている。朝食が遅かったのでまだ昼食を食べていない。これからしっかり食べれば夕食がまた遅くなる。冷蔵庫を開けて、セロリと胡瓜を出し、水道水で洗って立ったままバリバリと口にした。

午後は何をしようか。警視庁警備部特殊班のメンバーがクラヴ・マガ（イスラエル軍の接近護身術）の練習をしているのに参加するか。しかしせっかくの休みの日に登庁するのももったいない。この町をジョギングしてまわるか。清掃も済ませて心が軽く浮き立ってくる。久しぶりに実家の道場で練習生と汗を流すのもいい。母のつくる夕食にありつけるし。

　ジョン・レノンの『スタンド・バイ・ミー』のサビの部分が鳴った。スマートフォンの着メロだった。

　緊急呼び出し。

　傑は、うっと唸(うな)り、口中の胡瓜を飲み込んだ。諦め顔でポロシャツの胸ポケットからスマートフォンを取る。表示は「係長」だ。

「はい」

「今どこだ？」

「自宅です」

「こっちに来られるか」

「了解しました」

「休みの日にすまんな」

　通話は切れた。すまん、なんて思ってもいないくせに、と嘆きながらも、目の光が鋭くなっている。シンクの水道で手と顔を洗い、ジャケットを取りに寝室へ向かう。

こうなるのなら、昼食はちゃんと食べておけばよかった。場合によると夕食も食べられなくなるかもしれない。嫌な予感がした。

「けっきょく登庁か」

ぼやきながら手早く着替えはじめた。

4　15：00　警視庁公安部

駅前のコンビニエンスストアでおむすびとお茶のペットボトルを買い、車両の隅の席でこっそり食べた。

地下鉄を乗り継いで桜田門へ、約三十五分で到着した。駅から階段を駆け上がりながら、空になったペットボトルを握りつぶし、警視庁のエレベーターを十四階で降りて最初に見たゴミ箱に捨てた。

警視庁公安部公安第四課第二公安資料第二係。

二十九歳、ノンキャリアの巡査部長、天野傑が一年半前に拝命した役職だ。

公安関係の資料、統計などを管理するデスクワークだと部外者は思っているし、傑も周りにはそう説明している。第四課の業務内容は実際その通りだが、第二係は、少し毛色が違う。収集した資料で抜けている部分があれば再捜査して追加収集したり、情報源の人物、団体をアフターケアしたりする。それでもデスクワークと電話のやりとりでほぼ済む業務のはずであるが。

警察の内部でも公安は何をしているところなのかわかりにくい部署だといえる。その公安の中でも、傑が何をしているのか正確に理解している者は少ない。

日曜の午後だというのに、警視庁本部には、多くの捜査員が出入りしていて、大きな事案が発生した空気がある。傑に目を留める者はいない。公安部の隅に机のある資料係が緊急呼び出しを掛けられたのには気づかないようだった。

傑の隣りの机に、同じ係の警部補が先着していた。眼鏡を掛け、背広にネクタイ。生真面目(きまじめ)な顔で朝刊を読んでいる。傑より二歳年上のノンキャリアで、警部補に昇進し半年間の交番勤務を経た後、この席に配属されて半年経っている。どこかの所轄に主任の空きが出るのを待っているのだった。

「資料係に何の用ですかね」

傑が自分の席についてそう訊くと、バサバサと新聞の面を変えて、新刊の書評欄に目を通しはじめた。

「新宿で殺しだ。ピークデンキで男が喉を掻っ切られた」

「やくざの出入りですか。今日は組対(そたい)（警視庁組織犯罪対策部）の連中が多いし」

「資料係が呼ばれたんだ。背景を探らなきゃならんような、ややこしい事態だろ」

警部補は、スマートフォンを開くと、書評で取り上げられている本を宅配便で注文した。西洋建築史の何とかいう専門書だった。

「大学教授みたいな趣味ですね」

「知的水準が高いんだよ」

廊下から靴音が入ってきて、

「こっちへ」

係長の筆原(ふではら)が手招いた。傑と警部補が係長の机に寄っていくと、筆原は、塵ひとつない机上に、持ってきた黒いクリアファイルから現場写真を出して手早く並べた。

便座と仕切り壁の隙間に、座るような姿勢で、若い男が死んでいる。一面の血の海に、男の首から上だけが白い。

「イケメンですわ」

傑は顔を寄せた。

「十一時十八分にピークデンキから通報があった。鋭利な刃物で頸動脈を切断されて失血死している」

筆原が言った。係長は、三十四歳のノンキャリア、警部補。私立大学のレガッタ部主将上がりで今も社会人チームで活動している。髪を刈り上げ、肩幅の広い体育会系の人物だが、理学部出身で、文字資料の整理よりもデータの数値解析が好きだという。考え方は理詰めで、資料やデータの欠落を許せない完全主義の性癖がよく傑たちを悩ませた。

傑は血で染まった現場の他の写真も見た。

「捜一の仕事に、組対も巻き込んでいるみたいですね。抗争事件ですか」

筆原は曖昧な表情を浮かべた。

「ホトケさんの身元が特定できない。所持品はジーパンのポケットにあった現金だけ。指紋も顔も照合したが組織犯罪関係に該当者がいない」

「一般人ですか。スマホも財布も持ち歩かない一般市民なんていますか」

筆原はうなずく。

「現代人じゃないな。せめてピークデンキの会員カードぐらい持っていてくれたら」

「外国人でしょうか」

筆原は曖昧な表情のまま、

「捜一からの要請でソトニ（外二、公安部外事第二課、アジア地域担当）も協力している。空港、港湾の監視カメラのデータを照合中だ」

傑は目に否定的な色を浮かべた。

「密入国者なら引っ掛かってこないですね」

「君らは、見覚えがないか？」

傑は机上に置かれた死体の写真をもう一度見つめた。アイドル歌手か二枚目俳優のような美形を、以前に見ていたら忘れることはないだろう。

「いいえ」

現場となった家電量販店には私用で行ったことがある。店内のあちこちに防犯カメラが設置されていたようだったが。

「不審者は映っていませんか」

それまで黙っていた警部補が、いいや、と首を振る。

「あそこの階段トイレは開店の際の改装工事で付けたんだ。階段自体が非常階段を改修した程度のもので。だからトイレ周辺と階段にはカメラがない」

筆原が後をひきとって、

「防犯カメラは、階段の一階出入り口に設置している。各階の店内にも。店内のカメラは北階段のほうを向いているので、ガラス張りの自動ドアと、各階への出入り口になっている踊り場、階段の一部が映っている。トイレへの人の出入りも映るはずだが」

力のこもらない声で言う。その声の調子で、カメラには手掛かりになるものが映っていないのだと察しがついた。

「カメラは作動していなかったんですか」

傑の問いに筆原は口の端を歪めた。

「していなかった。今朝から店内の保安システムに不具合が生じていて」

「システムは外とつながっていますか？」

「ああ。捜一はサイバー対策室にも捜査協力を依頼した」

外部から店のシステムに侵入し防犯カメラを遠隔操作して止めた可能性があるのなら、この事案は、通り魔の起こした突発的な事件などではない。殺人現場もあらかじめこことと選ばれていたのだろう。それなのに被害者は身元不明。傑は訊いた。

「所轄署に帳場（捜査本部）を立ち上げますか」

「まだ聞かないな」

傑は目に不思議そうな色を浮かべた。所轄署よりも警視庁本部が騒がしい。資料係の自分まで呼び出された。

で？　俺の任務は何だ。

筆原は写真の束をクリアファイルにしまい、別の一枚の写真を出して机上に置く。Ａ４判に引き伸ばしたもので、街路の歩行者を映した公安の監視カメラの画像だった。引き伸ばしたぶん画質が粗くなっているが、歩行者の顔は見分けられる。

「通報のあった時間帯に、現場周辺のカメラに映っていた通行人を照合した。公安部のデータベースにあったこの二人が引っ掛かってきた。通報時刻の六分前に、ピークデンキから一本南の外路を、西へ向かって歩いている」

男の二人組だ。どちらも三十歳前。

一人は、細おもて、痩せがた。紺の開襟シャツに黒のカジュアル・ジャケット、黒のチノパンツ、紺のスニーカー。衣料品店のロゴマークが入った大きなビニール袋を提げている。短髪を脱色してグレーにし、サングラスを掛けていた。

もう一人は、大柄で筋肉質。青の開襟シャツにコットンパンツ、黒のスニーカー。右肩に黒のリュックを掛けている。短髪は黒く、角ばった顔に無精髭を生やしている。

傑は顔を近づけた。

「チョウとウー」

チョウ・イーヌオとウー・チュインシー。

横浜中華街の飯店でコックやホール係、雑用係として働いている。新世代チャイニーズマフィア「ヤングブラッド」の準構成員で、常習的に犯罪に加担している疑いがあった。

半年前、傑が行動確認と視察をした。ひと月追って新旧チャイニーズマフィアの人物関係図を資料補完したが、二人の犯罪を現認するには至らなかった。それにしても、客の多い日曜日の昼時に二人揃って横浜からこんな離れたところにいるのはおかしい。傑は、休みの日に自分が呼ばれた理由がようやくのみこめた。

「この二人については天野がよく知っているからな。補完した資料に、チョウは『喉切り』と呼ばれている、とある。ナイフ使いか。そのまんま過ぎるが、ストレートに怪しい」

傑は言った。

「ひっぱりますか」

「いや。監視のみだ。捜一が要請すれば確保するかもしれんが。それは捜一の手でやることだ。うちはあくまで情報収集、資料補完のみ」

たとえ所轄署に合同捜査本部が起ち上がったとしても、そこへは顔を出さずに、チョウとウーの線を追う。手に入れた情報を他部署と共有するか、公安の内部資料に留めるかは筆原が判断する。解決への協力ではない。事件に便乗しての公安部内の資料補完といってよい。

「うちが目指すのは一刑事事件の解決じゃない」

筆原は念を押すようにつぶやいた。公安警察の心得第一か条、という口調だ。傑は警部補に向いた。

「横浜へ行きますか」

「いいや。俺はここでデータを掘り起こす」

そう言って首をひねった。

「もう隠れたんじゃないかな、殺しに関わってるなら」

「確かめてみます」

傑は自分のスマートフォンで、横浜中華街を管轄区域に持つ神奈川県加賀町警察署警備課の巡査部長に通話を入れた。チョウとウーを監視していたとき協力してくれた公安捜査員だった。

「ご無沙汰してます」

「お久し振りです。元気？」

「おかげさまで。ところで、例の、トムとジェリー。今日は仲良く家にいるか、知りたいんですが」

「あいつらか。二日前から見掛けない。まだ帰っていないんじゃないかな」

即答に驚いた。

「よくご存じですね」

「一週間前に、そちらの組対からこっちの刑事課に協力要請が来てね、あそこの家を一緒に視察中だ」

「警備課が刑事課の手助けを？」

「あそこはうちら警備課の重要視察ポイントだから。刑事課がヘタをしないかを見張ってます」

電話の向こうで、はは、と笑う。傑は訊いた。

「うちの組対は何のヤマを追っているかわかりますか」

「本社の人ははっきり教えてくれないんですよね、いつものことだけど。しかし、あの家の主人絡みじゃないかな」

家の主人というのは、チョウとウーが働く中華飯店の主人を指す。主人のリウ・ユーシエンは、中国東北部からの残留帰国子女の二世で、若い頃はチャイニーズマフィアとして新宿で暴れていたが、横浜で潜り込んだ広東(カントン)料理店を受け継いで現在は店主となり、非合法な世界から足を洗っている。しかしそれは表面的な話で、実際は裏の世界のフロントとして動いているようだった。銀座で高級クラブとラウンジを経営し、別に風俗店も持っている。警視庁組織犯罪対策部が内偵しているのなら、恐喝か何かに関わっているのかもしれない。

傑が通話の内容を伝えると筆原の瞳に強い色が宿った。

「ピークデンキの事案は、リウ・ユーシェンが当たりかもしれんな。この線で、話を聞けるスジはあるか」

傑はうなずいた。

「チョウとウーを視察していた時につかんだスジがいます。これから会ってみます」

筆原の目に逡巡(しゅんじゅん)する色が浮かぶ。資料係は室内業務なのに傑はやたらと外へ飛び出していきたがる。その挙句、他部署の邪魔になったり捜査をかき混ぜたりして苦情が来る。

筆原は、データは欲しいが、傑の行き過ぎた捜査の尻拭(しりぬぐ)いには懲(こ)りていた。迷うように奥の机をちらと振り返った。公安部長代理の福澤(ふくざわ)警視長が電話で誰かと話している。白髪まじりの精悍な福澤は、行かせてやれ、といつも傑の後押しをする。その部長代理が休日出勤している。事態を知れば行かせろと言うに違いない。筆原は、やむなし、という顔を傑に向けた。

「組対と揉めるような真似はするなよ。報告をマメに入れろ」

走りだそうとするのを抑えつける口調で言った。

5　16:30　秋葉原

横浜のリウ・ユーシェンは銀座で高級クラブとラウンジを経営している。ラウンジは企業の社員が接待で利用する店で、傑の情報協力者は、そこのホステスだった。佃大橋のマンションで妹と暮らしている。チョウとウーを監視していた時に知り合った。妹がユーシエンの関係する新宿の風俗店で酷い仕事をさせられているという相談に乗り、生活安全部を動かして妹を救った。それがきっかけで協力者となった女は源氏名をえりかという。水戸市で生まれ育った二十四歳だった。

日曜の午後はえりかにとっても休日なので、これから会って直接話せるだろう。スマートフォンにメッセージを入れてみた。えりかの自宅マンションには行ったことがあるが、教えられた住居が実在するか確かめるために建物の前を歩いてみただけだった。

　今は秋葉原に一人でいる、と返信が来たので、地下鉄と山手線を乗り継いで移動した。居場所の見当はつく。駅から雑居ビルの並ぶ路地を歩き、一軒のゲームセンターに入った。えりかはレトロなテレビゲームのマニアで、インベーダーゲームやストリートファイターのテーブルゲームが置いてある店の常連だった。薄暗い店内を捜すと、スペースインベーダーのテーブルで前屈(まえかが)みになってゲームに熱中しているえりかがいた。

　白のナイキのキャップに、紫のパーカー、ダメージジーンズ、白のスニーカー。インベーダーの中央二列を空け最下段までおびき寄せて撃つ、いわゆる名古屋撃ちを続けている。あざやかな手さばきだ。

「待ってても終わる気がしないな」

　声を掛けると、

「ワンコインで閉店まで続けちゃうからそろそろ出禁になるよ」

　えりかは屈託なく言い、ゲームを放置して立ち上がった。身長百五十センチ前後、化粧気のない顔は目尻が下がって優しい印象がある。傑は言った。

「勝負するか」

　えりかは首を横に振る。

「弱そう。きっと勝負にならんわ。ゲーム歴は？」

「俺のあだ名を知ってるか」

えりかは傑の顔をまじまじと見る。

「何だっけ。そんな話、したっけ」

傑は真面目な調子で、

「生涯不敗くん」

と言った。

「ああ、そうだ。子供の頃から試合で敗けたことがない、とか言ってたわね」

えりかは傑を頭から足先まで眺めた。

「ジャンルは何だった？　プロ級のゲーマーさん？　何の試合で？」

「実家は空手道場なので空手は英才教育、中学は柔道部、高校は剣道部、大学では合気道部。今の職場ではクラヴ・マガ……まあ、格技オタクだ」

「ゲームと関係ないじゃん」

「そんなことはない。動体視力の高さは異常値を示してるんだ。ゲームでも無敵だ」

「自分で言う？　嫌味なやつ」

えりかはいきなり傑の顔面に拳を突き出した。左の頰にバチンと当たった。痛いのを我慢して傑はうなずいた。

「わざと避けないのはサービスだ。さあ、どのゲームにする？」

「不敗くんに選ばせてあげるわ」

傑は店内を見まわした。

「マリオカートならやったことがある」

「そんな新しいゲームこの店にはないよ」

二人で外へ出て別のゲームセンターに移動した。路上を歩きながら、傑はえりかに訊いた。

「トムとジェリーのゲームは、最近見ないか？」

えりかは周囲の人の流れをそれとなく見渡した。

「そっちのゲームね。それなら、一昨日の夜、うちの店で見た。オーナーが来て、三十分位、ボックス席でボリューム下げて。なんでわざわざ揃ってこっちに来てたのかな。横浜ですればいいのに」

「どんな音楽が流れてた？」

「音楽……ええっと、何か、海の……」

「海？」

「あまり聞こえなかった。ヨコハマ、たそがれ、本牧ブルース……ヨコハマから船に乗って、どっかに着いた、とか」

小声で、

「漁船」

と言い足した。

別のゲームセンターでマリオカートを見つけた。傑はえりかと並んで座り、硬貨を投入して対戦モードにする。えりかはピーチ姫、傑はヨッシーを選んで勝負した。走行中は傑のヨッシーが終始トップを走りつづけたが、ゴール直前に後ろにつけていたピーチ姫が甲羅を投げつけたのが当たってスリップし、追い抜かされた。

「不敗神話破れる」

えりかは、どや顔で言った。

「泣きの一回、お願いします」

今度はマリオを選んだ。えりかはピーチ姫のままで、コースを変えて勝負した。抜きつ抜かれつ、もつれあってゴール近くまで来た。ピーチ姫が先行していたので、マリオは甲羅を投げたが、かわされて、逆に投げられたバナナで滑って壁に激突した。

「裏技か」

「基本技よ。相手に合わさず基本の型で戦うの」

「基本かあ」

「正義の基本を忘れずに」

「何だ、それ？　聞いたことある」

「アニメの決め台詞(ぜりふ)。『ガールズ・レンジャー』の」

「古くない？　えりかさんはガールズ・レンジャー世代じゃないでしょ」

「観てたわよ、リアルタイムで」

　少し考えて、

「再放送で」

　と言いなおし、えりかは、悔しそうに画面に目を向けたままの傑に訊いた。

「敗けたことないって、ほんと？」

「ゲームは無理かもしれない。リア充なので」

「リアルなら敗け知らずなんだ。なんで今の仕事に就いたの？　格闘家になったらいいのに」

　正義感。平和と秩序を守るため。採用試験で口にしたような言葉を呑み込んだ。そんな言葉がためらいなく口をついて出れば、また、嫌味なやつと言い返されるに決まっている。

「強い、と思える人に出会ってたら、そっちの道に本気で進んでたかもしれない」

　えりかは傑の横顔を見ていたが、顔をしかめた。

「それってよく聞くとすごく嫌味。わたしに勝ってから言ってよ」

6　17：00　秋葉原

えりかと別れてから、秋葉原駅に戻った。駅前広場は夕暮れて人が多い。傑は建物の壁に寄って、スマートフォンを手にした。電話帳を検索して、通話をした。

「はい？」

柔らかい男の声が応じた。チョウとウーの資料補完をする際に、情報提供者として活用した「ゴロー」だ。所轄署警備課の巡査部長に紹介された。

「シロウだ」

「あ、シロウちゃん、ご無沙汰」

傑が資料係だと聞いて以来「シロウ」と呼んでいる。

「トムとジェリーがどこにいるか知らないか」

少し間があき、

「知らない。長いこと見てないわ」

声が小さくなった。横浜で闇の商売に足を突っ込んでふらふらしていた男だが、最近は更生して宅配業者をしていると聞いている。

「お母さんは元気か？」

「元気よ、おかげさまで」

と答えて後は黙っている。傑はたずねた。

「漁船で逃げるルートがあるって聞いたけど」

ううん、と困ったふうに声を洩(も)らして、

「あのね、沖釣りしたいなら、横浜漁港の、『第八八宝丸(はっぽうまる)』に頼めばいいわよ」

少し黙ってから、

「リビア船籍の貨物船が明日の朝、上海(シャンハイ)に向かって出港する」

と低い声で言い、

「わたしから聞いたって言わないでよ」

通話は切れた。

傑は秋葉原の人の流れを眺めた。チョウとウーは漁船で沖合の外国船に移り、上海へ密航するというのだ。

なぜ逃げようとしているのか。確保して取り調べるしかない。

それにしても、ゴローは足を洗ったのに、どうしてこんなにおあつらえ向きの情報を持っていてこんなにタイミング良く教えてくれるのか。おかげでピークデンキ事案の重要参考人にあっという間に追いつけるではないか。

疑問は幾つもあるが、考える前に走りださなければチョウとウーは国外へ消えてしまう。

傑は、筆原係長に報告しようとスマートフォンを見たが、ポケットに仕舞った。報告すれば、後のことは神奈川県警に依頼するからおまえは戻ってこいと言われそうだ。横浜に行ってから報告しようと決めて、駅舎へ歩いた。

7　18：30　横浜中華街

京浜東北線で横浜中華街へ移動した。

日曜日の宵の口でさすがに人の出が多い。

リウ・ユーシェンの広東料理店「大海飯店」はアーチ窓に列柱の並ぶ白亜の西洋建築を模した店構えだった。一階に並ぶ円形テーブルはあらかた客で埋まっている。傑は隅の小さなテーブルにつき、天津飯とエビチリと鶏唐揚げを注文した。ホール係が忙しく働くのを眺める。チョウとウーの姿はない。厨房からも忙しそうな気配が伝わってくる。

傑は、スマートフォンの通話を筆原係長につないで、手で口元を隠し、

「あ、さっきメールでお知らせした件ですが」

周囲の話し声に紛れて、

「もしも、二人がご在宅なら、お会いしてもよろしいでしょうか」

とささやいた。チョウとウーを発見したらその場で身柄を確保してもよいか、と確かめ

ている。

電車が横浜に着く直前、チョウとウーは横浜から漁船で海へ出て貨物船で国外に高飛びする恐れがある、とメールで知らせておいた。

「これから漁港へ行くのか」

「はい。せっかくの機会ですから」

「直接の確保は待て。新宿署や横浜署と調整して、指示を出す。漁港へ行くのはいいが、もし二人を発見しても、行動確認しながら待機しておけ」

通話を終えると、傑は、トイレに立つかっこうで、店の奥の通路へ入っていった。二人はここに戻っていないか。厨房はのぞけないかと見まわしていると、突き当りのドアから、がっしりした体格の中年の男が出てきた。

「どうかしましたか」

笑顔でたずねてきた。

リウ・ユーシェンだった。高級ブランドのポロシャツにジャケット、ズボンに革靴、以前観察した頃と変わらず身なりは高級。容貌は、抜け目のない実業家といったふうだ。愛想は良いが瞳に鋭い光がある。

「大丈夫です」

傑は笑って後ずさった。

リウの顔から笑いがひいて瞳に鋭い光が増してくる。

「どこかでお会いしましたか」

思い出そうと目を細くする。観察したのは遠くからで、こんなに接近してお互いが顔を合わせたことはなかった。

「いえ、この店に来るのは初めてです」

言わなくてもいいことを言ってしまい、リウは余計に警戒の色を強くした。傑は通路を引き返そうとしたが、リウは行く手に回り込んでそれとなく道を塞いだ。何げなくたたずんでいるだけなのに、横をすり抜けることもできない。隙がない。武術家独特の圧倒してくる空気が、リウには感じられる。しかも、かなり強そうな気配だ。傑は試すように前へ出た。リウの視線は厳しい。目に見えない壁は、それ以上進んで突破できず、弾き返される思いがした。

この男、強い。傑は、珍しくたじろいだ。逃げられずに、下手をすれば警察だと悟られてしまう。

傑の胸ポケットで『スタンド・バイ・ミー』が鳴った。硬質な空気が割れて、リウの気配が退いた。傑は会釈してそばのトイレに入った。表示には「福澤」と出ている。公安部の部長代理、福澤警視長からだ。傑はトイレ内に人がいないのを確かめた。

「はい」

「今よろしいか」

「はい」

「明日の朝、時間ができたので、道場へ行くんだが。一緒にやるか？　久し振りに」

　仕事の話ではない。ほっと表情が緩んだが、福澤のおじさんはピークデンキの件を知らないのか、と思った。筆原係長が近くにいるのではないのか。

「横浜に来ていまして」

「横浜？」

　係長は部長代理に何も報告していないらしい。それとも、福澤は既に退勤しているのか。

　傑はささやいた。

「これから夜討ちになるかと」

「夜討ち？」

「横浜漁港です」

「そうか。いや、それは悪いことをした。気をつけてやってくれ」

「すいません、誘っていただいたのに」

　通話を切って、トイレのドアを開け、通路をうかがう。リウ・ユーシェンはいなかった。

　自分のテーブルへ戻った。料理が運ばれてきた。傑は鶏唐揚げを頬張った。近くにホール係の青年が立っている。それとなく傑のようすを観察している。リウは通路での傑のようすに警戒したのだ。今更ながら、リウに行く手を阻まれた時の威圧される気配がよみがえって、箸を持つ手が緊張で震えている。

勝てるか？　いつもの自称「不敗」を謳う能天気な気分は湧かない。相手のリウも、傑が武術を使う者だと察したにちがいない。磁気を感じ取った磁石と磁石が互いに引き合い、加速してぶつかり合うというのに似た経験が、これまでにもあった。傑は重い予感にとらわれている。不安と恐れがある。闘争の本能の中に、うち震える暗い翳だ。

傑はエビチリを食べた。アウェイ感いっぱいで味がわからない。店の奥、通路の奥に、強い気配を感じる。急いで残りの天津飯を胃に流し込んだ。

8　10：30　横浜本牧南漁港

神奈川県警に挨拶を入れて協力してもらうには状況証拠の根拠が弱い。筆原が打ち合わせるというのに任せて、横浜駅でレンタカーを借りて独りで港へ走った。

日がすっかり落ちても港湾施設の灯りで港全体が明るかった。

横浜港の一角に本牧南漁港がある。正式に漁港というほどの規模ではなく、船だまりと呼ばれる、数隻の漁船の小さな係留地だ。

コンクリートの門柱に「横浜漁業組合支社」と看板があがっていた。鉄の門扉は既に閉ざされている。速度を落として前を通ると、敷地内は建物の防犯灯や街路灯で案外明るい。二階建て箱型の事務所。コンクリートの護岸に係留された漁船の影。動くものの気配はない。

ゴローから得た情報では、チョウとウーが逃げるのなら明朝出航して上海に向かうリビア船籍の貨物船に乗るだろうとのことだ。リウ・ユーシェンとつながる漁船が、アナゴ漁に紛れ、沖合いに停泊する外国船と密輸出入の瀬取りを行っていて、時には人の密出国、密入国も扱うという噂は、以前調べていた時にも聞いたことがある。

小さな漁港は、閉ざされた門扉以外はブロック塀で囲われていて中が見えない。塀に沿って、トレーラーを牽(ひ)いたトラックが列をなして路上駐車している。夜間の違法駐車らしく、運転手の姿はなかった。

『スタンド・バイ・ミー』が流れた。表示は「係長」だ。ハンズフリーにして言った。

「今レンタカーで漁港の前を流しています。横浜署の応援は来ますか」

「状況確認してとりあえず待機しろ」

各署と調整するのではなかったのか。情報を他部署へ出さずに公安部の資料補完を優先しているのではないか。傑は言った。

「遭遇したら、確保します。海外に逃げられるとおしまいです」

「慌てるな。もし見つけても、貨物船に乗った後のほうが、逃げ道がなくて確保しやすい。

県警と連携して警備艇を手配するから」

チョウとウーの線は所轄署へ協力要請するにはやはり根拠に乏しいのだ。

「ガイシャの身元はわかりましたか？」

「まだ特定できないらしい」

「チョウとウーは目首でもしない限り引っ張れませんね。現場の近所を歩いていた何百人のうちの二人でしかないですから」

「確保する時は別件だ。コウボウ（公務執行妨害）でやれ」

漁港の周辺は倉庫とコンテナの集積場で車の往来も少なかった。道路は漁港を離れ、左にカーブして三叉路に当たった。傑は周囲を見た。引き返して路上に停めたほうがよさそうだった。

Uターンをして、トラックの列の隙間に車を停め、エンジンを切った。フロントガラス越しにブロック塀を見上げる。アナゴ漁の出漁は夜明け前だ。他の漁船に怪しまれないように、それより早い時刻に二人を乗せて貨物船へ運ぶはずだ。今のうちに漁港内を視察したいが、二人がもう漁港内に潜んでいるとすれば、うかつに忍び込めばこちらが見つけられてしまう。ここから漁港への人の出入りを監視するしかない。とはいっても、二人がもう漁港内にいるなら、それは意味がない。

ここまでは滞りなくチョウとウーを追ってこられた。すぐそばにまで迫っていると感じる。勢いを止めてはいけない。

傑は車を降りて、トレーラーコンテナとブロック塀との間に入り、両手両足を突っ張って大の字の姿勢でよじ登った。

塀の上に頭を出して漁港の中を見渡す。

岸壁に小型漁船が二十隻ほど係留している。釣り船やボートも交じっている。敷地の奥へ目をやると、事務所の建物の前に、白い軽自動車のワンボックスカーが駐車している。車中に人の気配はない。しばらくようすをうかがっていたが動くものはなかった。

「係長、大丈夫です」

ささやいて、塀の上辺に手を掛けた。

9　20：00　横浜本牧南漁港

傑は塀の上に乗り、視線を周囲に走らせて、漁港内のコンクリートの地面に飛び降りた。

事務所の周囲や停めてある車の中を窓越しに確認する。ナンバープレートをスマートフォンで写して、公安部のデータベースにアクセスし番号照会を申請した。

護岸の縁を進み、漁船を一隻一隻視察していく。

全長十メートルから十五メートル、五トン前後、定員五名ほどの小型漁船がほとんどだった。どの漁船にも何の気配もない。舷側に海面がわずかに上下するだけで、波の音すらしない。

傑は足を止めた。「第八　八宝丸」。ありふれた漁船だが他の船よりも大型だった。積載量が多い、つまり船倉が広いのだろう。

前甲板に乗り移り、キャビンの内部を確かめた。操舵席の後ろに、短い階段、下がったところに斜め上に向いた仕切り板を見つけた。扉とも蓋ともいえる。隠し部屋なのか。漁船というよりヨットみたいな造りだった。ノブを回しても開かないので、屈んで鍵穴を調べたが、開けられない。

後甲板に出て、甲板に並ぶ魚倉の蓋を確かめた。一メートル四方の四角い蓋が三枚並んでいる。把手は外されていた。端の隙間に指を入れて持ち上げようとした。指は引っ掛かるが、腰を屈めて力んでも、重くて上がらない。施錠しているのかと思いながら、持つ位置を変えて引いてみる。

キャビンで、がたんと音がした。傑は、はっと動きを止め、足音を忍ばせてキャビンへ戻った。さっきと同じで人の気配はない。静かに操舵席の後ろにまわり、仕切り板に顔を寄せた。板の向こうは、甲板の下の魚倉につながっているようだ。

突然、仕切り板が吹き飛ぶように外れて傑にぶつかってきた。傑は後じさって操舵輪に背中を打ちつけた。仕切り板を払いのけると、目の前の暗がりに男が立っている。仕切り板の裏側に潜んでいたのだ。細おもて、グレーの短髪、瞳の凄愴(せいそう)な輝き。チョウ・イーヌオ。傑の視界の下方に、冴えた銀の光が走る。ナイフだと気づいた刹那(せつな)、光は傑の喉元に迫っていた。超高速の刃風だ。傑の神経は一瞬で研ぎ澄まされた。世界が静止して見え、刃先の道筋が読めた。後ろに身を反らせる。首にひやりとした感触。刃先がわずかに皮膚に触れて通過する。チョウは振るった腕の勢いに引かれてキャビンの外へ出た。後ろの甲板へ逃げていく。

傑は首に手のひらを当てた。濡れている。斬られて血が出ている。チョウの後を追った。甲板の船尾にチョウが立っていた。ナイフを握った手をだらりと下げ、背を丸めて、構えている。傑は無言で間を詰めていく。

足元の魚倉の蓋が跳ね上がり、下から男の黒い影が現れた。船縁(ふなべり)まで退いた傑を突き落とそうと両腕を伸ばしてきた。太い腕と大きな手のひらが迫ってくる。傑は右肩を後ろへひねり、左手で男の後頭部を打って自分の平衡を保った。

キャビンのそばに退いて身構えると、男は甲板でこちらに向き直った。船体が左右に揺れる。大柄で筋肉質。黒のパーカーに黒のスウェットパンツ、黒のスニーカー。角ばった顔に無精髭。目は兇悪(きょうあく)だが冷静。ウー・チュインシーだった。

「嵌(は)めやがって」

うなるように言った。

ウーの瞳に凄愴な光が宿った。

「どういう意味だ」

太い右腕が横ざまに傑の側頭部を狙ってきた。それはフェイントで、左の拳が顎をめがけて真下から殺到してくる。流れを見切った傑は、寸前で軽く腰を落として、どちらもかわした。ウーは左足で傑の腰を蹴った。かすった程度だが傑はキャビン脇の舷側へ逃げざるを得ない。ウーは傑の力量を読んで深追いせず、フロートの付いた漁網を投げつけ、きびすを返して後甲板へ逃げだした。

後を追ったが、中板にはチョウもウーもいない。キャビンの裏を抜けて甲板から護岸へ逃れたのだ。傑は後を追って走り、護岸へ飛び移る。正面から車のライトで照らされた。目が眩んで立ちすくんだ。先に逃げ出したチョウが軽自動車のワンボックスカーに乗り込んだのだ。車は急発進でバックして門扉のほうへ走る。ウーの大きな影が門扉へ先回りして、がらがらと開ける。車はタイヤを軋ませて向きを変え、ウーが助手席に乗ると、道路へ出ていった。

傑は走って、開け放された門扉から道路へ出た。車の後尾灯が町のほうへ遠ざかっていく。スマートフォンで緊急配備の連絡を取ろうとした。

首筋に衝撃を受けた。衝撃は全身に走り、目の前が暗くなる。足に力がなくなり、振り返ろうとしたところを、後頭部に重い衝撃を受けた。

そのまま意識をなくした。

10　21：00　横浜みなと赤十字病院

誰かに呼ばれて意識が戻ってきた。大丈夫ですか、と繰り返し呼びかけてくる。お名前は？　と訊かれる。天野傑です、と答えたつもりだが、自分の耳には、寝ぼけてぶつぶつつぶやくような声が響く。体を持ち上げられ、どこかに寝かされた。ぼんやりした意識で見上げると、救急車の内部だとわかった。

「病院に搬送します」

白衣の男が言った。救急車のサイレン音が響き、寝かされている寝台ががたがたと揺れる。体を探られ、スマートフォンを抜き取られる。

「ご家族に連絡を取りたいんですが」

と言われ、傑は手を伸ばして、スマートフォンの通話を「係長」につないだ。男が筆原に話している。

「……そうです。通りかかった運転手の通報で……首から血を流していますが、かすり傷程度で……頭を打っているかもしれないので検査のできる総合病院に……」

意識が遠のいた。

ぼんやりとした意識の中で、寝台から寝台に移され、女性の看護師に話しかけられた。通路の電灯が流れていき、明るい部屋でCT検査の台に移され、医師らしき男に話しかけられる。疲れたから眠らせてほしいと思いいらいらしたが、救急治療室のベッドに寝かされて辺りが静かになると、ようやく意識がはっきりと戻ってきた。

最初に、悔しさがこみあげた。

「くそ、やられた」

自分を背後から襲った人物に対して、負けた、と感じた。門扉の外で待ち伏せていたのだ。傑は、たとえ背後から襲撃されても、相手の「気」を感じて避けることはできる。今夜の襲撃者は、気配も殺気もまったく感じさせなかった。「気」を見事に消していたのだ。そのうえで傑の急所を二度までも打った。相手の姿をまったく認めることができなかった。人物像の手掛かりは皆無。空気に襲われたようなものだ。よほど修練を積んだ武術家ででもなければできない。悔しさと恐れが、心に萌(きざ)している。

医師がクリアファイルを手にして戻ってきた。

「天野さん、大丈夫ですか」

傑はゆっくり上半身を起こした。後頭部から肩甲骨辺りにかけて、ずきずきと痛む。

「もう大丈夫です」

「後頭部を何かにぶつけて脳震盪(のうしんとう)を起こしたようです。頭部に外傷はないので、何にぶつかったのかはわかりませんが」

クリアファイルからCT画像の写真の束を出して、手早く見せていく。脳内の輪切り写真だった。

「脳に損傷はありません。ぶつけたここの箇所が少し腫れている程度で。経過観察は必要ですが」

たいしたことはないという口振りだ。ベッドから降りて床を歩くように言われた。傑がベッドと壁の間を往復するのを見て、医師は、けっこうです、とうなずいた。

「職場の方が迎えに来られるということですので、そのままお帰りいただいてけっこうです。それまではここで休んでいてください」

医師はクリアファイルを持って出ていった。傑は、プラスチック製のかごに自分の財布とスマートフォンが入っているのを見つけ、それを取って、ドアを開けた。足元がふらつき、後頭部が痛む。廊下のソファに座って、スマートフォンを持った。逃げた車の緊急配備を要請しなければ。

「天野」

筆原が足早に近づいてくる。傑は立ち上がった。

「すいません。チョウとウーを見つけたのに、逃げられました」

「天野が漁港から照会を求めた車両には緊急配備を掛けた。盗難車両だ」

筆原はガーゼを貼られた首を見た。

「傷は？」

「かすっただけです。チョウはナイフを持っていました」

「待ち伏せされたのか」

ささやく声で訊く。

「私が漁港へ入る前から、漁船で身を隠していました。待ち構えていたようです」

「こちらの動きが事前に洩れていたということは？」

「リウ・ユーシェンが店に来た私の正体を察したということですか？　それなら、チョウとウーは、私が行く前に漁港から逃げたはずです」

「逃げる前に天野が着いたのかもしれない。それとも警察官を襲おうと待ち構えていたのか」

「高飛びするつもりなのにわざわざ警官を襲うでしょうか」

傑は、はっと思い出した。

「ウーが私に、嵌めやがって、と言いました」

「嵌めやがって？」

筆原は考え込んだ。

「殺しを命じた者が裏切って警察に売った、と勘違いしたのか？」

命じた者、とはリウ・ユーシェンを想定しているのだろう。傑は言った。

「もう一人、私を背後から襲った人物がいました」

胸中にもやもやしたイメージが湧いて、付け加えて言った。

「リウが、二人を逃がすために漁港へ駆けつけたのかもしれません」

筆原はまた考え込み、わからないというふうに首を振る。

「天野のトモダチは？　信用できるのか」

険しい目で訊いた。警察側から情報が洩れていないかを気に掛けているのだ。傑の脳裡に、えりかの顔が浮かぶ。マリオカートに連勝して、基本技よ、と言った顔。リウの経営する店で働いている。こちらへの情報提供者だが、二重スパイではないのかと、筆原は疑問を抱いたのだ。傑は即答できなかった。

「警視庁に帰るか」

筆原は、いたわるように訊く。傑の胸に悔しさがよみがえってきた。

「漁港に戻ります」

筆原は、無理だろう、と傑をうかがう。

「レンタカーも置いたままなので」

スマートフォンで時刻を確かめ、

「その後で帰庁します」

痛みを笑顔でごまかした。

病院の玄関で筆原と別れ、タクシーで漁港に戻った。

門扉の前で降りて、自分が襲われた場所に立った。

街路灯の光がわずかに届いて薄暗い路上に、トラックがあいかわらず駐車している。襲撃者はおそらくその前にたたずんで気配を消していたのだろう。漁港内から出てきた傑に近づくには、二メートルは歩かなければならない。足音も「気」も消したまま。

俺を殴ったやつは誰だ。怒りと恐れが渦巻いている。

「どうしましたか」

声を掛けられた。開け放したままの門の内から制服巡査が顔を出している。所轄署が、筆原からの連絡を受けて、現場検証しているのだった。傑が身分証を示して事情を言うと、制服巡査は、漁港内に捜査車両を乗り入れて調べている刑事たちに取り次いだ。刑事の一人が傑のところまで歩いてきて、じろりと一瞥した。

「あんたがここへ侵入した本社のハムさん?」

「はい」

謝らなければいけないような雰囲気を感じた。

「まあ入って」

呼び入れられて現場検証に立ち会わされた。初動班の当直署員たちは、傑に対しては冷淡でとげとげしかった。本社のハムさん（警視庁の公安部）が所轄署に挨拶も入れずに勝手に捜査して殺人の重要参考人を取り逃がした。うちのシマで騒ぎを起こしやがって。そんな空気がひしひしと伝わってきた。

Ⅱ　月曜日

1　月曜日　1:00　警視庁公安部

レンタカーを返して、警視庁へ戻ると、日付が変わっていた。

真夜中。報告書を打ち終わり、共有フォルダに入れましたと報告に行くと、筆原は使い捨てのドリップバッグコーヒーを淹れてイントラネットの別のデータを読んでいた。

「コーヒー、飲むか？」

「けっこうです」

何かを口にする気分ではない。頭痛がひかず、背中の筋肉が強張っている。本当は安静にして寝ていないといけないのではないか。病院の医師の診立てに今更ながら不安を覚えた。筆原は傑の報告書を走り読みし、プリントアウトすると捺印した。

「チョウとウーの件は警視庁全体の共有事項入りだ。捜一と組対が二人を追いかけている。

天野は明日、あ、もう今日だな、今日は振替休だ。帰宅していい。呼び出しがあるかもしれんが」

席を立ち、ご苦労さん、と言い残して、紙の報告書を持って出ていった。

コーヒーカップに乗ったドリップバッグから湯気が昇っている。筆原は、公安の情報を本部に取り上げられたうえに、抜け駆けしての見込み捜査と部下の負傷とについて、説明責任を果たすまで眠ることも許されないだろう。傑に休んで自宅待機しろというのは、これ以上は動くなと戒めてもいるのだ。傑は壁の時計を見た。終電はとっくに出ている。

仮眠室に移って空いているベッドで横になった。

眠りは浅く、途切れがちで、チョウとウーを追った場面が脈絡もなくまぶたに浮かんだ。

殴られた頭が鈍く痛みつづけた。

月曜日、午前七時半。

出勤のピークになる前に退庁し、自宅の西荻窪に向かったが、新宿で途中下車し、ベーカリーのイートインでモーニングを食べた。クロワッサンをコーヒーで流し込みながら、後頭部の鈍い痛みに顔をしかめる。船上でのチョウとウーの姿が浮かんでくる。

嵌めやがって、とウーは言ったが、俺も嵌められたのかもしれないと思った。二人を捜しはじめてから滞りなく漁港に行きつき、二人に遭遇した。今振り返ると、あまりにスムーズに事が運んでいた。自分を二人のところへ導いた何者かがいるのではないか。そいつは二人を国外に逃がしたくなかったのか。それはボスのリウ・ユーシェンか。

しかし、二人を捕まえさせることはなかった。チョウとウーは未だに逃走中だ。自分を二人のところへ導いた者と、自分を襲って二人を逃がした者は、別人なのか。もし、同一人物がそんなにややこしいことをしているのなら、つまり、チョウとウーはその何者かによってこの周辺を泳がされていることになる。だとすれば、なぜ？

傑は首筋を揉んだ。推測に予断が入り込んでいる気がした。

チョウとウーを捕まえればわかることだ。俺を殴ったやつの正体も、二人は知っているにちがいない。

気に掛かることが浮かんできた。情報協力者のえりかだった。チョウとウーが警察の動きを知っていたとすれば。えりかはこちら側なのか、あちら側なのか。えりかを保護するか、それとも取り調べるか。

えりかがこちら側なら、傑が漁港に現れた時点で、警察の協力者だとばれてしまったかもしれない。捜一や組対がえりかに対しても動いているなら任せておけばいいが、手をつけていないのであれば、えりかの身の安全に不安がある。えりかに接触して確かめるべきだと思った。至急に。

首を揉む手を止めて、席を立った。

2　9:00　佃大橋

地下鉄を乗り継ぎ、八丁堀で降りると、時刻は九時を回っていた。朝から晴れてすでに汗ばむ陽気だった。梅雨はまだ来ない。

えりかの暮らす佃大橋の十階建てマンションには、建物の前まで行ったことがある。インターホンで八階の部屋番号を押した。

「はい？」

女の声が応じた。傑はカメラのレンズに顔を向けた。

「えりかさんですか。昨日のマリオです」

「姉はいませんけど」

身分証を示した。

「警察の者です。えりかさんはどこにいますか」

「上がってください」

玄関ドアが開いた。エレベーターで上がり、部屋のインターホンを押すと、待ち構えていたようにドアが開いた。紫色に染めた髪を後ろで束ねた若い女が、

「どうぞ」

と退いた。『富嶽三十六景神奈川沖浪裏』のプリントTシャツに黒のホットパンツを穿いている。えりかに似ているが年下で少しぽっちゃりしていた。

「お邪魔します」

上がろうとして固まった。男物の革靴が置いてある。

部屋の入り口に、角刈りの厳つい顔、肩幅の広い男が立っていた。白の開襟シャツ、ノーネクタイ、ベージュのズボン。顔を知っている。組対第二課の巡査部長だった。音無という名前だと思い出した。

「お疲れ様です。公安の天野です」

知ってるよという険しい表情で見返してくる。傑はえりかの妹に目を向けた。妹は言った。

「姉さんは昨日の昼過ぎに秋葉原へ行くって言って出て。それから帰ってこないんです。ラインしても既読がつかないし、電話掛けても、電源が切れているか電波の届かないところにいますってメッセージで」

要領よく説明する。音無と今そんなやりとりをしていたのだろう。傑は眉をくもらせた。

「秋葉原からそのまま出勤したということは?」

パーカーにジーンズというえりかの恰好を思い出し、自分の問いを内心で却下する。妹は言った。

「昨日はお休みでした」

「一緒に遊ぶ友達とか彼氏とかは？」

音無がこちらへ一歩踏み出す。その後ろに、紺のブレザーにグレーのズボン、背の高い若い女が顔をのぞかせた。体育会系の新入部員という雰囲気だ。音無は教育係を兼ねて新人と組まされているらしい。音無が言った。

「おいマリオ。こっちの線はうちらがやってるから。なんでハムさんが動いてるんだ」

いや、と傑は口ごもった。

「昨日からのいきさつがありまして……えりかさんの安否が心配で」

えりかの妹がじっと傑を見つめた。音無は、ふんと鼻で嘲い、

「昨日あんたが掻きまわしたおかげで、うちらまで駆り出されてる。あんたは自宅待機じゃないのか」

玄関ドアを顎で示した。退場勧告だ。横浜漁港の件は庁内に知れ渡っているのだろう。警視庁の組対が一週間前から横浜のリウ・ユーシェンを視察しているのはなぜかと訊きたかったが、おとなしく頭を下げた。

「えりかさんのことをよろしくお願いします」

素直にドアに向かうと、音無は、

「うちら組対はハムさんには親近感を抱いてるほうだ。捜一はそうじゃない。目の敵にさ

れるぜ。邪魔にならないようにやりな」

声を少しだけ和らげて言い、見送った。

3　9：30　佃大橋

自宅待機、などと言われなくても、こんな状況でやみくもに外回りをしても収穫がないのはわかっている。こうなるとさっさと帰って睡眠不足を解消したかった。

えりかのマンションを出たところで、『スタンド・バイ・ミー』が鳴りだした。表示は「母」だ。

「はい？」

「殴られて病院送りだって？」

母の郁江がいきなりそう訊いてきた。

「職場から連絡があったの？　それなら病院に駆けつけるのが親ってもんだよ」

「福澤さんから聞いたのよ」

福澤部長代理が道場へ行くと言っていたのを思い出した。

「まだ病院なの？」

「さっき退勤して帰るところ」

「じゃあ、たいした怪我じゃないんだね」

「大丈夫」

「そう。よかった」

「ご心配掛けました」

「隙を見せたんだ。傑はもうちょっとできるかと思ってたけど。たいしたことないね」

通話は切れた。

「何だよ。心配しろよ」

スマートフォンに毒づいた。心配したからこそ掛けてきたのだろうが。

『スタンド・バイ・ミー』がまた鳴った。「母」からだ。毒づいたのが聞こえていたかと
ギョッとなったが、

「ああそれから、高校の同窓会の案内がうちに届いてるよ。往復ハガキ」

別件だった。

「また取りにいくよ」

「返信は明後日までって書いてある」

「もっと早く教えてよ。忙しいし、欠席に丸つけてポストに入れといて」

「母さんの字で?」

「じゃあできるだけ早く取りにいくから」

通話を切ってから、自宅待機の今日しか実家へは行けないと思った。自分も同窓会の幹事をやったことがあるが出欠確認は手間の掛かる仕事なのだ。生欠伸をしながら、

「仕方ないな」

とつぶやいた。八丁堀から、実家のある三鷹を目指した。

4　10：30　三鷹

三鷹の町は、傑が育った頃と違い、駅を中心に商業ビルや高層階マンションが立ち並んでいる。傑が現在暮らしている西荻窪にも、規模は小さいが似た空気がある。一戸建ての住宅街が広がる昔ながらの風景は駅前から遠ざかったところから始まっている。新旧の景観の境辺りに、実家の空手道場があった。

実家のそばまでくると、妹のなずなを見掛けた。テナントビルの外の舗道を急ぎ足で歩いていく。

なずなはデザイン系の専門学校を出て、市役所の広報課で不定期のアルバイトをしている。実家の道場で子供空手教室の指導を手伝っているが、今日はどちらも休みらしい。いつもは、ショートカットにノーメイク、Tシャツ、ジーパンのボーイッシュないでたちなのに、白黒縦縞のワンピースにパンプス、白いバッグを提げている。リボンに結んだベル

トを見て、傑は呼び掛けるのがためらわれた。あいつ、あんな乙女な服を持っていたのだ。

なずなは道路を横切り、路肩に停まっている赤いミニバンに駆け寄る。助手席のドアが開いて、乗り込んだ。ミニバンは走りだし、ビルの角を曲がって見えなくなった。

傑は、にやつくような微笑むような笑顔になったが、運転席にいた男が、ヤン・イーミンだったと気づいて硬い表情になった。ヤンは、なずなの同級生で、中学生の頃から道場に通っている。いまや実力は師範代クラスだ。高校を出て、引っ越し業者や宅配業者で働いていたが、最近は、道場に余り顔を出さなくなった。渋谷だか新宿だかで、たちの良くない連中とつきあっているという噂を聞いた。

なずなと出掛けるにしても、道場の玄関前へ堂々と迎えに来ればいいのに。わざわざ少し離れた場所で拾うのは。

傑はミニバンの消えた角を不安そうに眺めた。

見た目にも老朽化している鉄筋コンクリート二階建ての建物がある。道場と住居を兼ねた傑の実家だった。

壺屋（つぼや）空手道場。先代からの古い木の看板が掛かっている。昭和のたたずまいだ。

コンクリートの土間に入ると、閉め切った板戸の向こうから、気合の籠（こも）った男たちの声がする。一般の空手教室がない時間だ。

傑は靴を脱いで廊下を奥へ進む。右手は壁、左手は道場との境を板戸で仕切っているが、何枚かは開けたままで、自由組み手で戦っている二人の男が見えた。

板敷き三十畳の道場にはその二人しかいない。

警視庁公安部部長代理の福澤正志警視長。父の古くからの道場仲間だ。

傑の同級生で、町の酒屋の浦池卓司。

福澤が攻め、卓司が受けている。二人が取り組むのはよくあることで、仕事に空き時間のできた福澤が、昨夜傑に断られたので浦池を呼んで相手をさせているのだった。大きな事案が発生しているのに本庁に詰めていなくてもいいのだろうか。傑は福澤のおじさんを見る。

福澤の動きには五十過ぎとは思えない切れがある。年齢とともに雑で無駄な動きが削ぎ落とされて、水が流れるように卓司の防御の隙に滑り込んでいく。壺屋流始祖、壺屋八山直伝の技を長い年月磨いてきた成果だと思えた。

沖縄コザ出身の琉球空手家、壺屋八山は、さまざまな流派を会得し、修行で渡り歩いた末に、ここに道場を開き、壺屋流を名乗った。傑の父は、子供の頃からこの道場に通い、一番弟子というほどでもなかったらしいが、晩年の八山に信用され、その死後、警察官の勤めを辞めて道場を継いだ。昭和の時代が終わる頃の話だ。

福澤は父と同じ年で、同じ道場の門下生、警察官としても同期、同教場だった。ノンキャリアながらもいわゆる推薦組として昇任、警察庁参事官を経て、現在は部長代理だが副部長待遇、最後は栄転で警察庁に戻って退職するだろうと言われている。公安ひとすじ。ノンキャリアでは最高の出世頭だった。

　福澤の蹴りに、卓司の上半身が揺れる。その隙に、福澤の拳が裂帛(れっぱく)の気合で飛ぶ。卓司は両腕で防ぐが、福澤の拳はフェイントだ。次の瞬間、卓司は足をすくわれて仰向(あおむ)けに倒れ、防御を崩されて喉元に貫手(ぬきて)の指先を寸止めされていた。

　福澤は板敷きの隅へ歩いてタオルで汗を拭いた。卓司は起き上がって胡坐(あぐら)をかき、ふう、と溜(た)め息(いき)をつく。師範代の卓司を負かすのだから、福澤は父と互角の勝負ができるだろう。

　傑が廊下から挨拶すると、鷲(わし)を思わせる鋭い顔つきのままこちらを見た。

「昨夜はたいへんだったな。怪我の具合は？」

「大丈夫です。ご心配お掛けしました」

　福澤は傑のようすを目で確かめ、傑なら滅多なことで負傷などしないだろうと安堵(あんど)の色を浮かべる。傑は視線を落とした。

「重要参考人を取り逃がしたうえに、背後の気配を察知できませんでした……まったく勝負に負けています」

「いつも周囲が見えるとは限らない。怖いもの知らずはよろしくない。もっと臆病になって危ない場面は避けることだ」

　厳格な口調だった。傑が顔を見ると、福澤はタオルで自分の顔をごしごしと拭いた。要(い)

らぬ説教をして恥じたふうだったが、表情を見られたくないようでもあった。傑に説教したことで去年七回忌を済ませた息子の翔馬を思い浮かべてしまったのかもしれない。

卓司は立って二人に近づいた。

「傑も一手どうだ？」

傑は首を横に振り、

「痛っ」

と首筋を押さえた。

「今日は止めておく」

「なんだと根性無し、と言いたいが、腹減ったな。福澤さん、もう勘弁してもらって、メシ喰いに帰っていいですか」

「ああ、つきあってくれてありがとう。お礼に昼飯を奢ろう」

「やったぁ、あざっす」

卓司は屈託なく頭を下げる。福澤は傑を見た。

「一緒に飯はどうだ？」

「用事がありますので。父は？」

「さっきまで居たが。奥へ入ったみたいだ」

「すいません。最近は、じっとしていなくて」

福澤は、にやりとする。

「親父さんは好々爺然としてきていないか」

「そうかもしれません。こんなふうにふらりと消えてしまうし」

「今なら隙有りだ。挑戦して道場を頂くか」

福澤は笑い、着替えにいく。卓司も、

「暇ができたら、うちへも寄りな」

と言って福澤に続いた。

おまえ最近なずなとうまくいってるのか。卓司に声を掛けたかった。なずなはヤンと出掛けたぞ、知ってるのか。

しかし卓司となずなはそもそもきちんとつきあっているのか、単に幼なじみで大の仲良しであるだけなのか。傑はあらたまって確かめたことがない。

「ああ。寄らせてもらうよ」

卓司の背中にそう声を掛けた。

5　11:00　三鷹

玄関から道場の脇を抜けて廊下を突き当たると、左手は座敷、右手は台所や風呂場になっている。

母の郁江は、台所で、茶碗に飯をよそっていた。卓上には惣菜屋で買ってきた唐揚げとほうれん草のお浸しがプラスチックの容器のまま置いてある。

「あら、もう来たの？　あんたのぶん買ってこなかったわ」

傑を見るなりそう言った。

「ランチタイムには少し早いね」

「仕事がいち段落したからその隙間に」

卓上の往復ハガキを目で示した。

「同窓会へは行かないの？」

「忙しくて。母さん昼間っからカロリー摂（と）り過ぎだ」

傑は唐揚げを指さした。

「父さんと二人ぶんです」

「道場にいなかったよ」

「どこかしら。ご飯ですって呼んできて」

郁江は椅子について唐揚げを食べはじめた。この五年ほど、近所の貸しビルの小部屋を借りて「町の人材センター」を営んでいる。赤字体質の道場経営を支えるために、パソコン教室やらミニコミ誌やら、昔から様々な仕事をしてきた。昼休みは惣菜を買って戻って掻き込むように食べ、また飛び出していく。傑が子供の頃から見慣れた姿だ。傑の二歳離れた兄が仕事を手伝っている。ＩＴ企業を辞めたプログラマーの兄は、幼い頃から空手がよほど嫌だったらしく、大学に入った時以降独り暮らしをして実家には近づかない。今日も昼食は近所の定食屋で済ませているのだろう。

傑は座敷をのぞいたが、塵ひとつない畳の間を、額縁に入った壺屋八山が見下ろしているだけだった。

階段を上がり二階の廊下をのぞく。

両側に並ぶ木戸の左の三番目が開いている。

季節の家電製品や、自分の部屋には要らないが捨てられないものを放り込んで物置部屋になっている四畳半の間だ。人の気配がある。傑は廊下を進んだ。

父の謙作が、空手着のまま、押入れの襖を開けて立っている。押入れの上段には三段ボックスを置き、家族のアルバムを並べてある。古いアルバムをめくっている。

傑は声を掛けようとしてためらった。

こんな時間にアルバムを見て思い出にふけっているのも奇妙だが、父の背中から発するのは、そんな甘い雰囲気ではなく、緊張、緊迫といった空気だと気づいた。斜め後ろからうかがえる横顔は、硬く、厳しい線に締まっている。

「父さん」

謙作はアルバムを閉じて振り返った。

「来てたのか。飯だな。下りるよ」

緊張の気配を消すとアルバムを戻し、襖を閉めて、廊下に出た。背丈はほぼ傑と同じで、鬢に白いものが交じっている。

「飯は？　食ってきたか？」

「まだ。お茶漬けだけいただくよ」

台所に戻ると、卓上に、ご飯と味噌汁、唐揚げとお浸しを小皿に取ったものが、謙作と傑の二人ぶん並んでいた。郁江は冷蔵庫から自分の漬けた胡瓜の浅漬けを手早く加えた。

「これだけしかないわよ」

「ありがたい。いただきます」

謙作と並んで箸を持った。食べながら、アルバムで何を見てたの、と訊きたかったが、訊けなかった。懐かしい思い出に浸る場面にあの緊迫感のような空気はそぐわなかった。

黙々と食べる父の横顔をちらと見ただけだった。

ジョン・レノンの『スタンド・バイ・ミー』のサビの部分が鳴った。表示は「係長」だ。

傑は口中のものを飲み込んだ。

「休んでいるところを悪いな。来てくれ」

いつものように悪いとは思っていない響きだ。

「了解しました」

通話が切れると、傑は急いで食べ、お茶を喉に流し込んで立った。電話台に置いてあるボールペンで同窓会の出欠確認の欠席に丸をつけた。「元気でやっています。仕事で行けなくて残念です。不敗くんも最近は不敗ではありません」通信欄にそう書いた。

「これ投函しといて」

郁江は、ええ、とうなずく。ごちそうさま、と台所を出た。道場には既に誰もいなかった。福澤は卓司と昼食をとってそのまま警視庁に戻るのだろう。

郁江が廊下を追ってきて玄関で見送った。傑は郁江を振り返って、声を落として言った。

「なずな、さっき、ヤンの車で出掛けていったよ」

郁江は苦笑いを浮かべた。

「この頃一緒に遊んでるみたい」

「大丈夫？」

「二十三だよ。もう大人だから」

卓司とはどうなってるんだい、とは訊けなくて、

「行ってきます」

と道場を出た。

6　13：00　警視庁公安部

チョウ・イーヌオとウー・チュインシーには顔を知られたので、昨日と同じ任務には戻れないはずだった。外回りの仕事ができるのだろうか。そう考えながら警視庁へ急いだ。

公安部では、筆原係長がコーヒーを啜ってパソコンの共有データを読みこんでいた。傑が昨日と同じ服装なのをチラと見たが何も訊かず、ソトニのシマへ連れていった。

金剛明奈警部補が自分の机でパソコンに向かっている。

両頰に垂れた髪、パソコン作業用の眼鏡、白いマスクで、顔がほとんど隠れている。ストライプシャツに黒のオフィスパンツ、猫のイラストが描かれた室内用のスリッパを履いている。

傑よりひと回り年上の、中国の謀略関係に詳しい捜査官で、傑がチョウとウーの資料を集めた時にサポートしてくれたベテラン捜査員だ。

「喉、どうしたの？」

マスクの内でぼそぼそとたずねた。ガーゼは仮眠する時に剝がしていたが、切り傷が残っている。

「チョウに喉を斬られました」

「そう」

お気の毒ね、と続けたのだろうが、よく聞き取れない。

筆原が言った。

「ピークデンキのガイシャが映っているカメラが何台かあった。過去の蓄積データも含めて統合ＡＩで照合している最中だ。天野は金剛さんの手伝いをしてくれ」

何を？ という視線に構わず筆原は背中を向けて戻っていく。

金剛はマスクを外して足元のゴミ箱に捨て、引き出しを開け、新しいマスクを出すと、殺菌スプレーを吹きつけてから顔に掛け、鼻の両脇や顎を何度も指で押さえてマスクの隙間を無くした。

「天野君、ガイシャの映った画像を見てくれる？ 周りに映り込んでいる人物の中に、チョウとウーを視察した時に見た顔がないか、チェックしてほしいの」

傑は隣りの机から椅子をひいて並んで座った。金剛は自分の椅子を反対側へ五センチほどずらし、パソコンに動画を映した。

空港の入国審査の光景だ。ピークデンキで死体になっていた青年が入国審査官とやりとりをしている。紺のジャケットに紺のズボン。丁寧に対応しているが、表情に乏しく、淡々と話している。

「事件より一週間前の日曜日、十六時、新潟空港。この時刻だとウラジオストクからのフライトね」

「トランジットだとして、どこからウラジオストクへ来たか、たどれますか」

「シベリア経由はたどりにくいのよ。シンガポール辺りに比べると。捜査関係が協力的じゃないから」

画面に映っている限りでは、青年は独りで、周囲に傑の記憶に触れる人物は映っていない。

カメラが替わって国際線到着口付近。また替わって空港建物の玄関付近。青年は黒いありふれたリュックサックひとつを肩に掛けて早足で通っていく。連れも迎えもない、まったくの単独行だ。三ヶ所の映像を、傑は繰り返し見たが、周囲に知った顔はなかった。

「入国管理局に記録を照会中だけど、どうせ偽造パスポートだろうな」

金剛はそうつぶやいて画像を切り替えた。

次は、繁華街の路上を見下ろす防犯カメラの映像だ。人の往来は多い。

「事件の三日前、木曜日の二十一時、渋谷センター街」

同じ青年が画面の奥から人の流れを独りで歩いてきて、途中で姿を消した。飲食店の入ったビルとビルの間の路地に曲がっていったのだ。

「彼が入ったこの路地にはカメラが一台も設置されていないの。それで、十分後」

消えたのと同じところから、つまりさっき入った路地から、青年が再び現れた。こちらに背を向け、来た方向へ去っていく。傑は言った。

「この路地にある店かビルかに用があったんですね」

「誰かと待ち合わせたとして。知った顔が映っていない？」

傑は、青年が現れる十五分前から去った後の十五分後までの四十分間の映像を再生してもらった。照合システムにも傑の記憶にも引っ掛かる顔は映っていなかった。

「待ち合わせじゃなくて、どこかを訪ねたのかしら。店か事務所か」

金剛は引き出しから喉スプレーを出して、マスクの下側をつまみ上げ、口中にひと吹きするとマスクを丁寧に戻した。傑は言った。

「待ち合わせの相手が路地の反対側の通りから出入りしたかもしれないですよね。あるいは、ガイシャ自身が、路地を通り抜けて別の通りまで行ったかも」

「路地の反対側の、別の通りの防犯カメラには彼は映っていないわ」

金剛は教師が問題のヒントを与えるように言った。傑は自分の観察眼を試されていると感じた。

「知った顔はいませんが、ガイシャと前後して同じ路地に出入りする男が一人いました」

金剛はこくりとうなずく。

「こいつ」

既にマーキングしていた男の画像を映した。青年より五分早くその路地に入り、青年より三分早くその路地から出ていった。

「二人が接触したとしても五分程度ね」

「物の受け渡しか、短い伝言か」

「路上か、喫茶店か」

男は四十代半ば、髪を七三に分けて眼鏡を掛けている。体形はやや太め、ベージュのビジネスジャケットにノーネクタイ、斜め掛けの革製らしいボディバッグ。帰宅途中に繁華街に立ち寄った会社員といった外見だった。

「了解しました」

「何が了解なの？」

傑が立とうとすると、金剛は冷静な目を向けた。

「ガイシャとこの男の写真をプリントアウトして、その路地の喫茶店や店舗に聞き込みに行きます」

「それは駄目」

金剛はキィボードを凄い速さで叩きはじめた。

「それは捜一の仕事。公安は捜査資料の提供に徹する。資料係は、怪しげな第二係といえども今回は室内勤務だよ」

とん、とエンターキィを叩き、そばの受話器を取る。

「金剛です。データを共有ファイルに入れておきました」

受話器を置くと、マスクをゴミ箱に捨て、引き出しからまた新しいマスクを取ると、スプレーで消毒する。

「ご苦労様。チェックしてほしいデータが新たに出てくるかもしれないから、天野君、その辺で待機しといて。どうせ報告書も溜まってるんでしょ」

マスクを掛けて縁を丁寧に指で押さえていく。

「金剛さん、質問していいですか」

「何?」

「ガイシャは中国から来たんでしょうか」

「スーパーAIで照合中。わたしは、あとは、チョウとウーとかリウ・ユーシェンとかの線を探るだけ」

「リウが過去に別の中国人グループとトラブったことはありますか」

「どうしてそんなこと考えるの?」

「ピークデンキの現場写真見ましたか?」

金剛は考える目になり、

「派手な血しぶき殺人は血の報復だって推理?」

「はい。闇で葬るんじゃなくて、公開処刑というか。そんな空気を感じませんか」

「リウ・ユーシェンがチョウとウーを使って、過去のトラブルの復讐をした?」

「はい」

「あんなに若い子を?」

「はい。若いのを手始めに、これからまだ何人かを」

「じゃあピークデンキの殺しは、宣戦布告の狼煙(のろし)なのか」

「かもしれません」

金剛の目は冷ややかだった。

「いいわねぇ天野君は。バーボン片手に名推理、みたいな」

「はい、いや」

「格技オタクの不敗くんはどっちかっていえばアクション・ムービー系だな。処刑遊戯とか、ブラッディ・ヒーローとか。まあ心の隅に留めておくわ」

お喋りは打ち切り、という横顔をみせて、キィボードを叩きはじめる。傑は立って椅子を元に戻し、自分の机のほうへと歩いた。

7　14:30　警視庁公安部

隣りの席では同じ資料係の警部補がコーヒーを啜りながら悠然と本を読んでいる。西洋建築史の厚い本だった。昨日スマートフォンでネット注文していたものだ。

「お急ぎ便でしたか」

「配達先をここにしているんでね」

本から目を上げずに答えた。

「駄目なんじゃないですか？　爆発物の警戒とかで」

「書籍はいいんだ。資料係だから」

卓上電話が鳴った。傑が取った。

「はい」

「外線が入っている。応対してくれ」

「女からだ」

筆原だった。

外線に切り替わった。

「天野です」

「わたし、あすかです。えりかの妹です」

『富嶽三十六景神奈川沖浪裏』の画が目に浮かんだ。

「ああ、さっきはお邪魔しました。えりかさんから連絡はありましたか」

「いいえ、まだ何も。あの、ほんとは、昨日の夕方に、姉からラインがありました」

「そうでしたか。で、何て？」

「レイコさんに呼ばれたから晩ご飯を一緒に食べに行くって」

「レイコさん？」

「『愛蓮』のママさんです」

リウ・ユーシェンが銀座で経営する高級クラブは「愛蓮」という。その店を任されているレイコに、えりかは呼び出されたのだ。えりかが勤めているラウンジよりランクが上の店だった。ラウンジも、統括マネージャーとしてレイコが実権を握っているはずだ。

「どんな用件か聞いていますか」

「昨日のラインでは何も。でも、最近『愛蓮』のホステスさんが辞めて、他の店から補充する話があって。その話でお呼びが掛かったのかなって」

「このことは、さっきお邪魔していた刑事には？」

「言ってません。あの人たちは姉の心配なんかしてくれていないから。姉を指名手配の犯人みたいに言ってたし。天野さん、姉を捜してくれますか」

「わかりました。心配しないでください」

即答して、辺りを見まわした。筆原が別の受話器で盗み聴いていそうだと思った。案の定、受話器を置いた途端、靴音がして筆原がやって来た。

「単独捜査はできないぞ」

「情報協力者が行方不明です。協力者の保護は第二係の仕事ですから」

筆原は躊躇して、

「天野も外回り組に入れるように図ってみよう」

「いや、それは」

他部署主導のチームでは行動を拘束されるに違いない。良い予感はしなかった。

筆原が去ってから、傑は公安部の資料から逃走中のチョウとウーの情報をあらためて検索した。

新宿を拠点に、渋谷界隈でも活動する「ヤングブラッド」は、若い中国系の半グレ集団で、中核は二十人前後、帰国子女の子弟と中国からの労働者で構成されている。ぼったくりバーや危険ドラッグの売買、美人局や恐喝で稼いでおり、上の世代のチャイニーズマフィアの使い走りをして組織犯罪とつながっている。チョウとウーはヤングブラッドの周辺で名前が挙がるので、傑が資料補完の内偵をしたのだった。

チョウとウーは天津市出身。六年前に語学留学生として来日、一度帰国し、就労ビザを取って再来日していた。横浜のリウ・ユーシェンの「大海飯店」で働いている。

中国東北部出身のリウは若い頃は悪さをしていたが今は足を洗い商売をしている。それは表の顔で、一緒に悪さをしていた仲間たちが幹部となっているチャイニーズマフィアのフロントとして裏でつながっていると考えられる。マフィアがヤングブラッドを使うように、リウはチョウとウーを裏の仕事の実行犯として使っているのではないか。新潟空港から入国した青年の殺しも、リウの思惑なのではないか。証拠はない。裏はまだ取れておらず、事情聴取も強制捜査もできる段階ではない。

姉を捜してくれますか。えりかの妹の声が重く響く。リウが経営する高級クラブ「愛蓮」を取り仕切るレイコの情報はデータベースには多くは載っていない。

「不充分だ」

傑は席を立って筆原の机に行った。筆原はキィボードを叩いて書類を作成している。

「係長、資料に欠落が見られます。補完してよろしいですか」

「レイコのところへ協力者の保護のために?」

筆原は顔も上げずにそう言い、

「行ってこい。資料の補完なんてのんびりしたことをいってる場合じゃないかもしれん」

「ありがとうございます」

部屋を飛び出そうとした傑の背中に、

「待て。外回り組の誰かがこっちへ向かっている」

え、と振り返った傑に、

「捜一強行が全体を束ねている。単独行動は認められん。無理して外回り組に入れてもらった。あっちの指示に従え」

と釘を刺した。

がっかりして公安部の出入り口にたたずんでいると、廊下を男が歩いてきた。くたびれた雰囲気の初老の男だった。

「ああ、すいません、公安部はこちらですか」

目をしょぼしょぼさせて愛想笑いを浮かべる。

中肉中背、半白の頭はぼさぼさ、白いシャツ、焦げ茶のズボン、黒い革靴、すべてがくたびれている。

「はい、そうですが」

「資料係の天野さん、いらっしゃいますか」

「私ですが」

「ああ、よかった」

地味な容貌の男は傑に笑いかけた。

「所轄一課の芥川（あくたがわ）です」

ピークデンキの事案の所轄署である新宿署刑事課強行犯係の捜査員だ。

「本庁の一課に使いっ走りの連絡に来ていたんですがね。帰ろうとしたら何だか捕まっちゃって。公安の天野さんを手伝えって」

「ありがとうございます。公安部資料係の天野です。よろしくお願いします」

「いやあ、たいへんだねえ、資料係まで駆り出されて」

人の善さそうなおじさんだが、こんな傍流捜査に理由もなく送られてきたのだから、退職間際の万年巡査部長か何かなのだろう。それにしても、所轄から刑事が本庁へ回されるのは、捜査本部が設けられたということだ。傑は訊いた。

「所轄に帳場が？」

芥川は、聞いてないのかという顔になる。

「本社の捜査員が斬られたっていうからねえ」

傑はうつむいて首の傷を隠した。

8　15：30　汐留

えりかはレイコに呼ばれたと連絡してきたまま帰らない。

傑はレイコについての資料を読み直した。

汐留の3LDKのマンションに一人で暮らしている。組対二課がチャイニーズマフィアの周辺を調べた時は、店を経営するリウ・ユーシェンが月に二、三度はここを訪れていたという。二人の関係がわかるが、レイコのマンションが組織犯罪の仕事に利用されている可能性もあった。

レイコの現時点の居場所はどこか。現状では捜査令状は出ないので家宅捜索ができない。任意の事情聴取のかたちで訪問するしかなかった。

クラブ「愛蓮」は銀座三丁目、ビルの四階にあった。レイコは「愛蓮」にいるのか、まだ自宅にいるのか。微妙な時間帯だ。えりかの安否確認のためには抜き打ちで訪問して取り逃さないようにしなければならない。すれ違いのないように、先ず汐留のマンションを訪ねて、不在であれば「愛蓮」へ追いかけていこうと決めた。覆面パトカーを傑が運転し、芥川は後部座席に座った。

「お父さんは元気にやってますか」

芥川は穏やかな口調で訊いてきた。

「はい。元気にやっています。父をご存じでしたか」

「若い頃にね。交番勤務だった時に、あなたのお父さんが初任で入ってきました」

「芥川さんは父の先輩でしたか。父がお世話になりました」

「お世話っていってもね、半年経たないで、すぐにいなくなっちゃったけど」

父の謙作は若くして退職し道場を継いだが、警察官として二年近く奉職していたはずだった。

「半年で？　新採にしてはサイクルが早いですね」

「どこかに引き抜かれて異動したんだ。優秀だったから」

芥川は職務を忘れて昔を懐かしんでいる。

「福澤さんは別の部署にいたけど非番の日は交番へお父さんを訪ねてきていた。警察官になる前からの友達なんだって？」

「空手道場の門下生同士です」

「福澤さんも今では警視長様かぁ。ノンキャリアの輝く星だ」

そう言う芥川は所轄の平刑事で終わりそうだ。昇進して管理職を目指すよりも現場の最前線でやっていきたいタイプなのだろう。

福澤のおじさんはノンキャリアの警察官からは輝く星と仰ぎ見られている。妻を早くに乳癌で亡くし、父子二人で暮らしてきたのに、その息子が二十歳で夭折（ようせつ）した。家族を失い独り暮らしの寂しさを仕事ひとすじに進んだ結果が「輝く星」であるのなら、うらやましがられるのは片腹痛いだろうと思った。

「私が天野の息子だとよくわかりましたね」

「顔がね。面影がある。それに、若くして本社のハムさんだし。公安畑の福澤さんの引き抜きかなって」

「いや、それはないです」

言下に否定した。自分で選んだ道だ。裏で福澤が働きかけてくれたとは考えない。福澤はそんなふうに私情を持ち込んだりはしないと思っている。

汐留のマンションに近づいた。

源氏名レイコは本名ワン・チェンシー、通称が王伸子（オウノブコ）。六階の端の部屋に暮らしている。部屋の玄関ドアと通路、一階のマンション玄関口が見える場所を探して、コインパーキング出入り口の脇に路上駐車した。

一車線ずつの道路には宅配業者の車がハザードランプを点滅させて停まっているが交通量が多く長時間は留まれない。二人で車窓越しに六階の通路を見上げた。

「もう『愛蓮』に行っちゃったかねえ」

芥川がつぶやく。

通路や玄関に動きはない。

「かもしれませんね」傑は言った。

「レイコの部屋を訪ねてみましょう」

芥川が、あっと声をあげて車窓に顔を寄せた。

レイコの部屋のドアが開き、人が出てきた。長い髪、ピンクの服。女だ。傑は目を凝らした。

「えりかさん」

えりかの後からドアを閉めてもう一人、白い服の女が続く。二人は通路をエレベーターのほうへ歩いていく。傑は慌てて運転席のドアを開けた。傑の腕を芥川がつかんだ。

「情報協力者には気を使って。あくまでもレイコさんに聞き込みに来たということで」

芥川はそう言いながら一緒に車を降りた。

傑はマンションの正面玄関に走った。芥川が息を切らして追いついた時に、自動ドアが開いて女が二人で出てきた。

えりかはピンクのノースリーブドレスを着て、髪にウェーブを掛けている。見違えるほど高級クラブのイメージに合う外見を作っていた。傑を見て驚いたが、知らぬそぶりでもう一人の女の後ろに退いた。

芥川が身分証を示した。

「レイコさんですね。ちょっとお話をうかがいたいのですが」

レイコと呼びかけられた女は迷惑そうに歩道の端へ寄った。

「何でしょうか、こんなところで」

真珠色のワンピースドレス、肌は抜けるように白く、整った顔立ち、エステと整形にお金をかけていて、見た感じでは四十代半ば。物おじせずに芥川を見据えるようすに、気の強い性格が表れている。

「いやあ、申し訳ありません、お出掛けのところを」

芥川は腰を低くしてポケットから折り畳んだ紙を取り出した。A4判の、チョウとウーがピークデンキ近くの路上を歩いている写真だった。

「最近ご覧になっていないでしょうか。この男と、この男です」

「いったい何事ですの？」

「リウ・ユーシェンさんの飯店で働いている男たちでして」

芥川は語りかけながら巧みに位置をずらし、レイコは受け答えしながらこちらに背中を向ける。えりかは傑に、どうして？　という表情をしてみせた。どうしてあなたがここへ来たの？　わたしが公安の協力者だとレイコさんに気づかれたらどうするのよ。抗議と怯えの色が瞳に浮かぶ。傑は、

「従業員の方ですか」

と質問するふりをして、

「妹さんが心配して」

えりかにだけ聞こえる声でつぶやいた。えりかは目でレイコを示し、

「ずっと一緒で、ラインも」

使う間がなかった、と首を小さく横に振る。

レイコは唐突にえりかを振り返り、

「ねえ、あなた見た？　この人たち」

と写真を渡した。えりかは受け取ると、じいっと見つめ、

「さあ。見ませんね」

写真を芥川に返した。芥川はレイコに訊いた。

「昨日から今日にかけて、リウさんとは？」

「うちのオーナー？ 会っていません。わたしはこの娘と昨日の夕方からずっと一緒にいました。ねえ」

えりかはうなずいた。

「はい。レイコさんから夕方に連絡をいただいて。晩ご飯をご馳走してもらって、お家に泊めてもらって。今日もずっと一緒に、服を選んでもらったり、ビューティーサロンでいろいろ整えてもらったり」

レイコはえりかを紹介するふうに手を振った。

「今日からうちの店に出てもらいますの。昨夜ひと晩中、一流クラブの心構えや心得をレクチャーして、今日は半日かけてうちの店向きに装ってもらって。どう？ すっかり一流クラブの女性でしょ」

芥川はとまどうように笑う。

「確かに。私は一流のお店なんかに行ける身分ではありませんのでよくわからんですが」

レイコは愛想良く言った。

「うちのラウンジのほうならお勤めの方も気軽においでになってます。この娘もそこにいましたのよ」

芥川は、はは、と笑い、

「よろしければ念のために、お宅の中を拝見させていただきたいんですが」

傑は、えりかの無事を確認できたのでもういいと思ったが、芥川にすれば、チョウとウーの行方を追ってもいるのだ。

「部屋に引き返せって言うんですか」

「お忙しいところ恐縮です」

レイコの顔が険しくなる。

「令状はお持ち？」

「いや、あくまでも任意でのご協力で、ということで」

「お断りします」

きっぱりと言った。

「今日はいつもより遅れていますの。車も待たせていますし」

玄関前の路肩に、白い国産の高級車が停まっているのを手で示す。運転席で身なりの良い若い男がこちらを見ている。目に険があり、視線も鋭い。えりかが言った。

「家には誰もいません。ペットのパグ犬以外は」

レイコは、

「そうだわ」

バッグからスマートフォンを出して画面を指先で触れ、芥川と傑に見せた。

「トンチーのようすを見るために、室内カメラを備えています。これでよければお確かめください」

広々とした居間が映っている。大きな革張りのソファに、パグ犬が一匹寝そべっている。

レイコのきれいな指が犬を指す。

「トンチーちゃん」

画面が切り替わり、大理石のキッチン、英国風の書斎、ダブルベッドの寝室が映しだされた。人の姿はない。傑はえりかに訊いた。

「これはレイコさんのお宅ですね？」

「はい。間違いありません」

わたしは大丈夫です、と伝えるようにうなずいた。芥川は頭を下げた。

「ご協力ありがとうございました」

レイコは愛想の良い笑顔に戻って、

「お仕事お疲れ様です」

迎えの車へ歩きはじめる。運転席から降りた男が後部座席のドアを開ける。レイコとえりかが乗り込むとドアを閉め、傑たちに鋭い一瞥を投げて、運転席に戻る。傑と芥川は車が走り去るのを無言で見送った。傑は言った。

「ごまかされましたかね」

「どうなんだか。チョウとウーはいないみたいだ」

「レイコに会ってからは妹にラインの一回もできなかったって、本当でしょうか」

「わからんねえ。しないほうがいいって何かの判断があったんだろうけど」

芥川はため息をつき、

「チョウとウーが漁船で逃げるのを警察がつかんでいる、ということを知っていたのは、あの娘さんだけかい？」

傑は、はっと思い至った。

「漁船や沖合の船舶についての詳しい情報を提供した別の協力者がいます」

ゴローがいる。傑に第八八宝丸の情報を提供したゴローが、あちら側に警察の動きを知らせるという二股を掛けたのかもしれない。芥川は言った。

「そのスジを探ってみたらどうかな。トンチーちゃんの報告書は私が書いておくよ」

9　16：30　警視庁公安部

公安部に一人で戻ると筆原係長にえりかの無事を口頭で報告した。

「えりかがこちらの動きをリウに流したかはわかりません。高級クラブに移るといってレイコがべったり付いています。話ができなくて」

そう言うと、筆原は、ふうん、と不服そうに腕組みをした。

「もう一人、ゴローといって、密航のネタをくれた男がいます。県警加賀町署の警備課の紹介で、スジとしては確かだと」

筆原は鋭い目で傑を見上げた。何の根拠があって、確か、などと言い切れるのか。そう問う目だった。傑は、自分の机に戻り、パソコンを起ち上げて、公安部の資料データを呼び出した。

ゴロー。本名は、ファング・チンハオ。「ヤングブラッド」の準構成員だった。二十七歳。丸顔の童顔、一見好人物。チョウとウーの情報を集めていた頃に、加賀町署のツテで接触したことがあった。違法ドラッグの密売に関わっている疑いがあるが、末端の存在だった。母親が病弱で、ゴローが捕まれば面倒をみる者もいなくなるという弱みを、加賀町署警備課の刑事は巧みに利用して協力者に仕立てたのだった。元々はリウの「大海飯店」で働いていたが、現在は飯店を辞めて川崎市のアパートで独り暮らし。大手宅配便の下請けの地元宅配便でアルバイトをしている。母親のために半グレから脱けたと見られるが、どうやらそれは表向きらしい。密航など、裏の情報に今も通じているのだから。

傑はディスプレイのゴローを見た。気の弱い、使い走り要員だ。

俺が漁港へ行くことをおまえはチョウとウーに教えたのか。それともボスのリウに。

ゴローがあちらにもこちらにも二股を掛けたのだとすれば。あちら側は、誰が漁港の情報を警察に流したかに気づくに違いない。お咎めなしで放っておくだろうか。ゴローは上手く立ち回ったつもりで自らの墓穴を掘ったのではないか。

傑はディスプレイの隅の現在時刻を見た。そろそろ十七時になる。ゴローの現住所は、川崎市の、鶴見川に近い住宅地だ。マップのストリートビューで見ると、五階建てアパートの四階。行って、身の危険を教えて警察の庇護が要るとわからせてやれば、気の弱いやつなので完全にこちら側に来るだろうと思えた。

ゴローのデータをプリントアウトして筆原の机に行った。

「今日は定時で退勤します」

筆原は探るような目を向ける。

「ご苦労だったな」

「帰り道に、例のもう一人の協力者に、少し話を聞いておきます。自宅にいれば、ですが」

「帰り道?」

傑はプリントアウトした紙を机上に置いた。筆原の目つきが鋭くなり、データを走り読みした。

「川崎か。芥川さんに一緒に行ってもらうか」

「新宿署に戻られました。書類を書くと言ってましたし。私が先ずゴローと話してみて、何かありそうなら、あらためて芥川さんにも声を掛けます。おとなしいやつにちょっと話を聞くだけですから」

筆原の視線を背中に受けてそそくさと部屋を出た。刑事部や組対の連中に出会うのを避けてエレベーターではなく階段で下り、退勤処理を済ませ、駅へ向かった。

10　18：00　川崎

ゴローことファング・チンハオの現住所は川崎市で、横浜市との境に近く、戸建てや賃貸アパートが並ぶ住宅街だった。桜田門から一時間弱。最寄り駅を出た頃には日が落ちて街灯が点いていた。夜風が生温い。梅雨が始まりそうで始まらない。いらいらする湿度の高さだった。

スマートフォンの地図を見ながら街路をたどると、目指すアパートは、夜目にも古びた安普請で、建築年数は二十年以上と映る。建物の玄関ドアはセキュリティシステムがなく開け放しになっていた。

路肩に、宅配便の箱型のバンが一台停まっている。車体側面にゴローが勤めている宅配業者のロゴがある。フロントガラス越しにのぞきこむと、無人で、荷台は暗くて見えない。

傑はゴローの部屋のある四階へエレベーターで上がった。部屋のドアの前に立ち、何か聞こえないかと耳を澄ませた。

内側から男の話し声がする。内容はわからないが声を低くして短い言葉のやりとりをしている。

中国語らしい。傑の顔色が変わった。緊張した面持ちで、手摺り越しに路上の宅配車を見下ろす。緊急手配を要請しようとスマートフォンを握って、ここでは自分の声が中に聞こえる、と通路を見渡した。

ノブが回り、ドアが少し開き、隙間から宅配業者の制服を着たゴローが通路をうかがう。目が合った。

「あらっ」

傑はスマートフォンをポケットにしまい、片足を隙間に差し込み、手でドアを大きく開けた。

「いやだ」

ゴローは靴を履いたまま奥へ逃げ込もうとして、靴箱に腰をぶつけた。

三和土につづいて二畳のキッチン。ガスコンロと小さなシンクがある。その板の間に、宅配業者の制服を着て帽子を被ったチョウとウーがいた。

傑はゴローのみぞおちを打って意識を落とした。その間に、大柄なウーはシンク下の収納扉を開けて包丁をつかみ、傑の胸へ突き出した。狭い玄関で避ける余裕がない。傑はかろうじて刃先をかわし、ウーの腕を引いた。開けた反動で閉まろうとする鉄のドアに、包丁がぶつかり、三和土に落ちる。傑は手刀でウーの喉を打った。げっと声を上げ、よろよろと後ずさった。それは罠だった。ウーの背後に隠れてチョウがナイフで襲いかかる準備をしているのだ。傑はナイフの一閃を想定して土足で踏み込んだ。ウーが前へ出て膝蹴りと肘打ちで波状攻撃を仕掛けてくる。傑が防御し、背の高いウーに合わせて両腕が上がると、腹に隙ができた。その瞬間ウーが脇へ退き、目の前にチョウがいた。白刃の閃きが傑の下腹部へ走る。

速い。

内心で叫びながら、傑は右手で、ナイフを持った手の甲を弾き、左手でチョウの目を打った。チョウはナイフを握ったまま後ろへ飛び、畳の間の座卓に尻餅をついた。ペットボトルや空き缶、コンビニ弁当の空箱が辺りに飛び散る。

傑は畳の間に進み、ウーの攻撃に備えて壁に背をつけた。ウーの拳が斜め上から顔面に迫っていた。わずかに首を傾げて拳を見送り、前屈みになったウーの胸板に左膝を当てた。あばら骨が折れる感触があった。起き上がったチョウがナイフを走らせる。喉仏を掻き切る勢いだ。傑は軌道を読んで上半身をひいて避け、チョウの股間を蹴り上げた。

ウーが奥へ走る。サッシ戸を開け、ベランダへ出た。隣家の屋根が見える。飛び移って逃走するつもりだ。追おうとする傑の前にチョウが出てナイフを振った。ウーがベランダの手摺りを乗り越え、見えなくなった。チョウが後を追いベランダに出て、こちらを振り返る。中国語で何か叫び、ナイフを投げた。傑は、自分には当たらないと見切ったが、思わず身を逸らせる勢いと速さだった。チョウは手摺りを乗り越え、体をがくんと前のめりに傾けて下へ落ちた。

傑は玄関を返り見た。ゴローの喉元に、ナイフが深々と刺さっていた。チョウはゴローに向かって叫び、ナイフを投げたのだ。傑は近づいて肩に手を掛けた。

「おい」

虚ろな目のゴローの鼻と口から血が噴き出した。手足が痙攣する。眼から生気が失せた。

傑はスマートフォンで救急車を呼びながらベランダに出た。

ウーが屋根伝いに逃げていく気配がない。チョウの気配も。

傑は静かな屋根を見渡し、手摺りから身を乗りだして下をのぞいた。

隣家との境の塀と、アパートの壁との間に、人が重なり合って倒れている。宅配業者の制服を着ている。ウーが落ち、その上にチョウが落ちたのだ。二人ともまったく動かない。

「おい」

声を掛けても反応しない。落ちて気を失ったのか。傑は違和感を覚え、通路に飛び出し、一階まで下りると建物の裏へ回った。

硝煙の臭いが鼻をつく。ウーとチョウはさっきと同じかっこうで横たわっている。傑は近寄ってみた。

チョウの顎が砕けて顔面が赤く染まっている。目は驚いたように見開いたままだ。眼球は赤く濁り、少し飛び出している。後頭部に穴が開き、脳がこぼれ出ていた。

下敷きになったウーは、首がねじれ、顔が地面に向いている。胸に血が広がっていた。

二人は狙撃されてベランダから落ちたのだ。

傑は思わず頭を低くした。周囲に人影はない。建物の正面に回った。暗い道路にも動く影はない。銃声は一度も聞かなかった。狙撃者の気配はまったく感じなかった。傑はアパートの玄関前に戻って、スマートフォンでまた救急車を二台要請した。

さっき呼んだ救急のサイレン音が近づいてくる。

チョウとウーが目の前で射殺されたのだ。両足の力が抜けていくようで、宅配便の車にもたれかかった。

Ⅲ　火曜日

1　火曜日　11：00　三鷹

目が覚めてぼんやりと天井の木目模様を眺めた。

実家二階の自分の部屋にいる。窓から明るい陽射しが入ってくる。そろそろ昼近い陽の位置だ。畳に寝転がってそのまま寝入ってしまったのだ。

薄い布にくるまっていた。赤や金の派手な色彩の手作り、手描きの旗だった。何だ？

高校時代の体育祭の応援団旗だと思い出した。俺は何してたんだっけ。寝ぼけ眼をしばたたく。

昨夜は、眠るどころではなかった。

チョウとウーの射殺死体を前にして、所轄の川崎署と神奈川県警による臨場から始まり、傑は重要参考人の取り調べに近い扱いを受けた。横浜漁港の騒ぎに続いて、またおまえか。

昨夜は二人に逃げられた、今夜は、二人とも殺されてしまったではないか。死体が三つも転がっているのはどうしてだ。とげとげした空気が爆発寸前で現場に満ちていた。

夜中に警視庁に帰ると、本庁と新宿署の主だった捜査官が待ち構えていて、尋問というより叱責といってもいい事情説明をさせられ、明け方までかかって報告書を打った。前夜は横浜で重要参考人を逃がして自ら負傷し、今夜は川崎で三つも死体が出て、狙撃犯の手掛かりをまったくつかんでいない。役立たずの資料係が何のつもりでひっかきまわしているのだ。

書類を保存してパソコンの電源を落とし、椅子に座ってうたた寝すると、どこかで仮眠していた筆原が現れて、

「帰って休め。今日は振替休暇にしておく」

腫れぼったいまぶたで言い渡した。もう勝手なことはするな、自宅待機だぞ、と目が釘を刺していた。

退庁は朝の七時半だった。地下鉄駅へ階段を下りていると『スタンド・バイ・ミー』が鳴った。

「傑、同窓会に来ないんだって？」

道場師範代の浦池卓司だった。傑とは同学年で、高校も同じだった。朝からそんなことで電話か、と苛立ったが、

「忙しくて。よろしく言っといてくれ」

と答えた。

「じゃあダンキ借りるぞ」

「何？」

「体育祭で飾った応援団旗。傑が持ってるだろ」

傑が通った高校では、体育祭は、赤団、青団、黄団といった団対抗で点数を争う方式で、それぞれの団は、手描きの応援団旗を自分たちの陣営に飾っていた。三年生の時に赤団の応援団長を務めた傑は、団旗を自宅に持ち帰り、保管していた。赤地に暴れ竜。紅蓮(ぐれん)の炎に黄金色(こがねいろ)の昇り竜が猛っている絵柄で、なかなか迫力があって評判もよかった。同窓会のようなイベントがあるごとに会場に持参する慣(なら)わしだった。傑は言った。

「実家にある」

「じゃあ今夜仕事帰りに」

「今から仕事帰りだ」

「夜勤明けか」

「そんなところだ。道場へ行って、台所に出しておく。いつでも取りに来てくれ」

「お巡りさんはたいへんだな」

そういうわけで、西荻窪の自分のアパートへは帰らず、実家に戻り、自分の部屋の押入れから、防虫剤入りの箱を出し、応援団旗を取り出した。ゴロンと畳に大の字に寝転がり、そのまま意識をなくしてしまった。

眠っている間に団旗を身にまとって布団代わりにしていたのだった。目が覚めると、忘れていた頭痛と背中の痛みがよみがえり、

「痛た」

上半身を起こして肩と首を回した。

目を覚ましたのは、近くに何かの気配を感じたからだ。

戸が開いて、廊下から妹が顔を差し入れていた。

「なずな、居たのか」

傑は立つと、団旗をバサッと空中に広げて、丁寧にたたんだ。

なずなは真面目な顔で傑を見ていたが、

「ちいにい、審判頼める？」

小声で言った。傑は次男なので、小さいほうの兄ちゃんという意味で、幼い時から「ちいにい」と呼ばれてきた。道場へ下りて審判をしてほしいというのだ。

「何の審判だ？」

練習もない平日の昼時なのに。

「来て」

なずなは廊下を小走りに戻り、階段を下りていく。傑はたたんだ団旗を持って階段を下り、台所のテーブルに置くと、道場をのぞいた。

道場は、がらんとしている。

道着の若者が向かい合っていた。

浦池卓司とヤン・イーミンだった。

「どうした？」

二人とも答えない。睨み(にら)あっている。練習で手合わせ、というより、緊迫した、殺伐(さつばつ)とした空気が張りつめている。喧嘩か果し合いの雰囲気だ。

傑は道場に足を入れた。

「何だよ？　これは」

どちらにともなく声を掛ける。卓司がヤンの殺気立った視線を受け止めたまま言った。

「俺に挑戦するってよ」

傑はヤンの背中を見た。

「挑戦って？　同門での私闘は禁止だぞ」

ヤンは傑に背を向けたまま、

「手合わせをお願いしているだけですよ」

低い声で言う。

「何か変じゃないか」

割って入ろうとする傑を、卓司が手で制した。

「いいよ、このままじゃおさまらないって感じだ。俺もお手合わせ願うよ。傑、私闘にならんように審判頼む」

止めろよ、とは言わず、傑は壁際へ退いた。二人の気迫はすでに臨戦態勢だった。視線が激しく絡みあう。ヤンの全身がバネを抑えるように力を溜める。

やっ、と声が飛び交い、気合が炸裂した。ヤンは高速度の突きと蹴りの連続で卓司に斬り込む。一直線に殺到した。卓司は退きながら手足で受けて攻撃の威力を殺す。ヤンの正拳突きをかわすとその勢いを肩に乗せてヤンを背負い投げた。柔術を取り入れた壺屋流の技で、投げて床に叩きつけた相手に致命的な一撃を加える流れだ。傑は、決まった、と思った。しかしヤンは壺屋流にない動きで応じた。卓司に投げられながら体をひねり、背中におぶさるように密着し、空いている腕で卓司の首を締めあげた。

傑は、はっとなって前へ出た。投げられた勢いの全てが卓司の首に集中して、首の骨が折れると見た。殺す気だ。卓司の表情が驚きと苦痛に歪む。ヤンは手を緩めない。瞬時に、卓司は勢いが引っ張るほうへ、ヤンの体の流れに合わせて密着したまま背面から飛んだ。

二つの体は、ヤンの背中から床に落ちた。衝撃でヤンの腕の力がわずかに緩む。二つの体が離れ、次の瞬間、

「勝負あった」

傑が叫んだ。

起き上がろうと屈んだ姿勢のヤン。先に起った卓司の回し蹴りの足先が、ヤンの無防備な側頭部の際で寸止めされていた。

ヤンは卓司を睨みあげた。傑は言った。

「ヤン、あれは危ない」

卓司は自分の首を押さえて訊いた。

「どこの流派の技だ？」

ヤンは、拳で床を叩き、起って更衣室へ消えた。

傑は卓司と顔を見合わせ、廊下になずなが立っているのを見た。なずなは無言で戸の陰に消えた。卓司は床に座り込み、首を揉み、ふうっと息を吐いた。

「俺は試合に勝って勝負に負けたな。ヤンのやつ、最後まで真っ直ぐに向かって来やがった」

傑は、ヤンが玄関を出ていく物音と、なずなが後を追っていく音を聞いた。

「どうなってるんだよ？　青春ドラマな展開が小っ恥ずかしいぞ」

「茶化すな」

卓司はぶすっとして元気がない。

「朝からヤンと稽古してたのか」

「配達の途中だ」

「ヤンが呼び出したのか」

卓司は首を振る。

「なずなが？」

卓司は起ってのろのろと更衣室へ消えていった。傑は後を追おうか迷ったが、ポケットのスマートフォンでジョン・レノンが『スタンド・バイ・ミー』のサビを歌いはじめた。

「金剛です」

女性のぼそぼそいう声。公安部外事第二課の金剛明奈警部補だった。

「天野君、あの二人を死なせたんだって？」

「いや、はい、そうですが。何でしょうか」

「そんなドジ野君が興味を持ちそうなネタを見つけてあげたよ」

「天野です」

「リウ・ユーシェンの弟が亡くなっているの。三年前に神戸で」

「弟が？」

「リウ・ズーハン」

「殺しですか」

「事故死、ていうか、これ、わたし的には不審死だな」

「今からそっちへ行きます。詳しく教えてください」

「わたしは退勤時刻。この仕事は勤務時間がほんと変則的。やんなっちゃう。お肌が荒れちゃうんだから。データは捜査本部共有フォルダにあるから誰でも見られるよ」

「新宿署のフォルダですか？」

「うちの広域の。新宿署と川崎署に合同捜査本部が起ちあがって、うちには広域合同捜査本部が。捜一が音頭とって。この事案、大きくなっちゃったね」

「そっちへ戻ります」

「自宅謹慎でしょ」

「振替休暇もらっただけです」

通話を切ると、廊下に着替えた卓司がいた。傑は言った。

「団旗、台所に出しておいた。預けておくよ」

「たいへんだな、お巡りさんは」

不機嫌に背中を向けた。

2　13:00　警視庁公安部

　昼過ぎ。公安部の自分の机でデータを開いた。

　三年前、神戸市のホテルの一室で、リウ・ユーシェンの弟ズーハンが亡くなっていた。

　その年の九月第二日曜の昼前。前日の土曜日夜にチェックインした男性が、チェックアウトせず、室内電話にも出ないので、ホテルのスタッフがようすを見に部屋へ入ると、ベッドで眠るようにして亡くなっていた。所轄署が臨場したが事件性はなく、死因も心臓麻痺と診断された。

　リウ・ズーハン。四十三歳。居住地は横浜市寿町。

　それだけの記録だった。傑は、金剛警部補がこれは不審死だと言った根拠はどこにあるのだろうと何度も読み返した。所轄は兵庫県警生田警察署。傑は、このデータが生田署の刑事第二課作成のファイルから金剛が引いてきたことに気づいた。

「第二課?」

　第二課は詐欺、横領、贈収賄など経済や企業に関わるいわゆる知能犯罪を扱っている。ホテルの宿泊客の病死は管轄外だ。リウの弟が何の目的で神戸へ行ったのか。第二課がどういう点に関心を持っていたのか。交差するポイントが見えない。生田署に問い合わせなければわからない。

　傑は筆原の机へ行った。筆原はおらず、周りの公安部員たちが、おまえはもうこの辺りをうろつくなという顔で傑を見る。離れた奥の机で部員と話す福澤部長代理が、こちらをちらと見た。傑は会釈して自分の席に戻った。生田署作成の他の資料がないかと探していると、筆原が来た。

「どうした？」

「川崎の狙撃犯は確保できたでしょうか」

　筆原は首を横に振る。

「鑑識は何も見つけられなかった。角度からみて、ベランダのほぼ真下から撃ったはずなのに。薬莢ひとつない。靴跡もはっきりしたものは残していない。地取り、防犯カメラのチェック、厳しくやってるが、まだ何も」

「弾は体内に残っていましたか」

「スミス&ウェッソンの四十口径だ。天野には銃声は聞こえなかったんだな？」

「はい。二人が撃たれたどちらの時も」

「銃はヘッケラー&コックUSPタクティカルにサプレッサーを装着したものじゃないかと。まだ精査中だが」

　欧米の軍や警察で使われているモデルだ。入手するのは闇の世界のプロならそれほど難しくはない。

「お願いがあります」

「何だ?」

筆原は瞳に現れた警戒の色を隠さない。

「リウ・ユーシェンの弟が突然死した件で、所轄署に出向いて確かめてきたいのですが」

生田署のデータのことを話した。筆原は、

「神戸か」

遠いなというふうにつぶやく。

「これから行けば夕方には向こうに着きます。日帰りで戻ってこられますから」

「そうか」

今度は、安堵の色を巧みに隠して、

「日帰りにこだわるな。神戸でじっくりと背景を洗い出してこい」

決裁を即決するようにうなずいた。

「ありがとうございます。行動には慎重を期します」

「対象者はもう死んでいるから」

思わず口を滑らせて、さっと背中を向けた。

「こっちのことは気にせずに。生田署には迷惑を掛けるなよ」

3　17：00　兵庫県警生田署

　東京駅でのぞみに飛び乗って兵庫県警生田署に夕方の五時に入った。

　移動中に連絡しておいたので、刑事第二課の小浜という警部補が当時の資料を準備して待ってくれていた。四十代半ば、てきぱき働く捜査員といった印象の男だった。長テーブルを挟んでパイプ椅子を並べた小部屋に傑を案内した。挨拶を済ませ、向かい合って座ると、

「本社の公安の方が、どうして今頃この件で？」

　先にそう訊いてきた。目に警戒と反撥の色が読み取れる。傑は以前、大阪へ出張していきなり府警の刑事におまえは巨人ファンかと非難めいた調子で訊かれたことがあったが、傑個人には答えようのない、地方から中央に向かう理不尽で故無い感情だった。

「新宿のピークデンキの事案を捜査していまして。チャイニーズマフィアが関わっているかもしれないので、その周辺を調べています」

「あの首切りの」

　小浜は、それとこれがどうつながるのかわからないというふうに卓上の記録ファイルに目を落とした。傑はたずねた。

「リウ・ズーハンの病死の件は、どうして二課さんのデータに入っているんですか？」

「これですよ」

小浜はファイルの表紙を叩いた。プリントアウトした印字で『スカイビング半導体事案』とある。

「けっきょく立件できなかったから、報道もされなかった。本社の方は知らんでしょう」

悔しそうに言う。

「先ずはこれを読んでください。その後で不明な点にお答えします」

小浜は出ていくと、ペットボトルのお茶を持って来て卓上に置き、また出ていった。

四十ページの厚い報告書だった。傑はもらったお茶をひとくち飲んで読みはじめた。

三年前に神戸で起きた産業スパイ事件に関するものだった。

スカイビングは神戸のＩＴ関連企業で、当時、大手通信機器メーカーから依頼を受け、新機種のスマートフォンに使う予定の半導体の性能検査をしていた。検査データは更なる次世代半導体開発の基礎資料として活用することも期待されていた。

そのデータが盗まれた。データ管理者の幹部社員が、何者かがデータにアクセスしコピーした形跡を見つけたのだった。幹部社員はアクセス履歴をもとに内部調査を進め、疑わしい社員を特定した。

技術担当者の一人で、データへのアクセス権限を持つ日本人男性だった。中途採用されて二年目。いわゆる「渡り」の技術屋で、日本を拠点にアジア各国のＩＴ関連企業で転職を重ね、スカイビング・シンガポールの研究所から推薦されて神戸へ転職してきた。この男性が、個人のモバイル機器を社内に持ち込んでデータをコピーしたのだ。その事実が発覚するひと月前に、男性は依願退職し、愛知県の別のＩＴ企業に転職していた。

スカイビングは生田署に被害届を出した。男性はスカイビングとの間に、営業秘密の漏洩を防ぐための競業避止義務契約を結んでいた。刑事第二課は、不正競争防止法違反での立件を目指して捜査を始めた。小浜警部補と同僚が愛知県で被疑者から事情聴取し、アパートの部屋を家宅捜索した。その男性は、データのコピーを認めたが、社内営業担当者に説明するために検査結果を学びなおそうとしたのだと言った。肝心のデータがコピーされたモバイル機器は見つからなかった。男性は、押入れにあったモバイル機器の一台を示し、これがその機器です、コピーした次の日にはさすがに情報漏洩が怖くて勉強後すぐにフォーマットしました、と言って提出したが、機器のＩＰアドレスなどを調べると、それはあり得ないとわかった。男性が提出した機器は、スカイビングでデータがコピーされた二日後の土曜日午後に、神戸市内の家電量販店で販売された同型のモバイル機器だったのだ。

小浜警部補たちは神戸に戻って家電量販店での購入者を洗った。

キャッシュカードで買っていたのが、リウ・ズーハンだった。小浜たちは、ズーハンが土曜日に横浜から神戸に来て、モバイル機器を買い、翌日の日曜日の昼にホテルで死体で発見されていたことを知る。臨場した検視官も、監察医も、死因に事件性はないと判断していた。現場検証の際にホテルの室内にモバイル機器はなかった。

土曜から日曜にかけての一昼夜の間に、ふたつのモバイル機器がどこかで入れ替わったのだ。そしてデータの入ったモバイル機器は消えた。

不正コピーの被疑者とズーハンの接点を求めて二人の行動を精査したが、ズーハンの神戸での行動はほとんど不明だった。

死体の確認と引き取りに来たのは、兄のリウ・ユーシェンとズーハンの妻だった。妻の名はワン・チェンシー、通称は王伸子。レイコだった。当時の住所はズーハンと同居の横浜市寿町。現在暮らす汐留ではなかった。

一方の不正コピーの被疑者は、問題の土曜日、休日だったので神戸市内で買い物をし、繁華街でうろうろしていて、モバイル機器も肩掛け鞄に入れていた、どこかで誰かのものと入れ替わったにしても、気がつかなかった、と言った。

捜査は行き詰まった。流出したデータがどこかから現れることもなかった。産業スパイ行為があったとすれば、リウ・ズーハンはデータの入ったモバイル機器を被疑者の手から受け取り、別の誰かの手へ渡した仲介者だったと考えられる。だが聞き込みも捜査も、徒労に終わったのだった。

4　18：30　兵庫県警生田署

小浜が戻ってきた。傑が最後のページを開けているのを見ると、

「そこでプツンと途切れています。前編後編の前編だけ読まされた気分でしょう」

相変わらず内心で怒っているようだった。どこに向かってかはわからないが。

傑はたずねた。

「データを買った相手は？　見当はついていたんですか」

「被疑者のメールや通話の記録を調べても何も出ませんでした」

「中国系の企業か個人かが相手だとは？」

小浜は片頬を歪めて笑う。

「本社のハムさんも見込み捜査がお好きだな。リウ・ズーハンが中国人だから？　論理の飛躍ですよ」

「飛躍ついでに言えば、ズーハンは、企業秘密を売りたい人物に買い手を紹介する、闇の仲介業みたいなことをしていたのかもしれませんね。そうでないと、わざわざ横浜から出向いてきて、売り手と買い手の間に入ってモバイル機器を運んだ意味がわからない」

小浜はうなずく。

「そうです。まあしかし、リウ・ズーハンの向こう側に誰がいたのか、結局は不明のままです」

「ズーハンはそもそも何をしに神戸に来たんでしょう？　表向きの目的ですが」

「死体を引き取りに来た妻によると、喫茶店巡りだとか」

「趣味ですか」

「ズーハンは喫茶店経営と珈琲豆の輸入販売をしていた。で、趣味と勉強と実益を兼ねて、全国で評判の喫茶店を巡っていたそうです」

そんな話は信用していないが、という顔で言う。

傑は別のページを開けた。

「死因は心臓麻痺。もともと心臓が弱かったんでしょうか」

「病歴、通院歴はなかった。解剖所見で、珈琲の他に、アルコールと、覚醒剤の成分が出ました。土曜の夜に酒とクスリを両方やって心臓がもたなかったらしい」

「ホテルの室内で酒とクスリを？」

「室内にはどちらの形跡もなかった。外でやって、部屋に戻った後、ベッドに服を着たまま倒れ込んで、そのまま心臓麻痺、らしい」

傑は他のページをパラパラと繰った。

「ところで、愛知県に転職した被疑者は、今もその企業に？」

「死にましたよ」

　小浜はまた怒ったように言う。

「我々が事情聴取してひと月後、ホームセンターで練炭火鉢を買って、自分の部屋で自殺した。遺書はなかった」

　傑は小浜の目を見た。怒っているように見えたのは、事情聴取で追い込んで重要人物を死なせてしまったと傑に責められるのを警戒していたからかと思えた。それともやはり、事件をけっきょく立件できなかった怒りだろうか。

　礼を述べて、プリントアウトした資料を警視庁へ持って帰ることにした。小浜は新神戸駅まで車で送ろうと言った。生田署を出て、神戸の夜の街を覆面パトカーで走った。

　途中で、小浜が運転しながら、

「あれがリウ・ズーハンの泊まったホテルです」

　と指さした。

　ビル群のなかに、小さいが白亜のホテルがライトアップされている。新神戸駅に近かった。傑は言った。

「ここで降ろしていただけますか。ホテルを見て、駅まで歩いていきます」

「当時のビジネスホテルとは経営者が替わって別なホテルになっています。内装外装もスタッフも替わって」

「外観と周辺の街並みだけでも見ておきたいので」

小浜は車を路肩に寄せた。

「外国人の観光客が増えて、ホテルがどんどん開業していてね。これもそのひとつで」

車が行ってしまうと、傑は道を渡ってホテルの前まで歩いた。街灯が異人館の方角を示す表示板を照らし、夜も観光客の往来が絶えない。中国語や韓国語の陽気な声が溢れている。

ホテルは十階建てで、一階が和食のレストランだった。空腹を覚えた。

それにしても、リウ・ズーハンの死は、今回の事案に関係があるのだろうか。企業の秘密情報流出とピークデンキの殺し。違う色だと思えるのだが。

レストランの脇を見ると、隣りのテナントビルとの隙間に、ホテルの非常階段がある。白い柵で覆われて外からは侵入できない。傑は目で非常階段を上へとたどった。三階より上には、白い柵はなく、隣りのビルの窓から非常階段へ移れそうだった。訓練を積んだ者なら、リウ・ズーハンの部屋へ侵入できたかもしれない。

ホテルの上の夜空は暗く霞んで、街灯りで星も見えない。

傑は、不意に、連なる死者の列を思って、顔色を曇らせた。

三年前に神戸でリウ・ズーハン、愛知でＩＴ企業の社員。どちらも、事故死、自殺を偽装した殺人かもしれない。そして、この日曜日から、新宿で身元不明の青年、川崎でチョウ・イーヌオとウー・チュインシー、ゴロー。すべてにつながりがあるのかは不確かだが、どの事案にもリウ・ユーシェンの影が見える。

夜空につぶやいた。

「追いかけるよ、ユーシェンさん」

腹が鳴る。ホテルの和食レストランの灯りが誘っている。腕時計に目を落とすとまだ七時半だった。宅着直帰すれば日付が変わる前に自分の布団に潜り込める。コンビニでおむすびを買って新幹線で食べればそれだけ早く帰れる。神戸へ行きたいと言った時の筆原係長の安堵の表情が浮かんだ。日帰りにこだわるな。じっくりと背景を洗い出してこい。

「ご期待に沿えませんで」

和食レストランに背を向けて足早に歩きだした。

Ⅳ　水曜日

1　水曜日　10：00　横浜中華街

　堂々とした偉丈夫が、線香を香炉に供え、祭壇の前に並んでひざまずき、関聖帝君（かんせいていくん）の像に合掌し頭を垂れる。上等のオーダーメードの背広。磨きあげられた革靴が陽光に映えている。

　水曜日、午前十時。横浜中華街の関帝廟。

　離れてそれを眺める傑の他に人影はない。

　四十代後半の男は、何を祈っているのか、姿勢正しく、微動だにしない。こちらに背を向けていても、全身から覇気が湧きあがって、凄まじい威圧感だ。やがて男は起ってきびすを返し、廟の外の階段へ歩いてきた。脇にたたずむ傑に目を留め、足を止めた。

　日曜日に「大海飯店」で顔を合わせた、リウ・ユーシェン、四十九歳。鋭い眼光を傑の顔に当てた。

「刑事さん。うちの従業員が迷惑を掛けました」

　頭を下げた。傑が警官でありチョウとウーを追い詰めたのを知っている。自分にもその程度の情報網はあるのだと告げているのだ。傑は訊いた。

「狙撃犯について心当たりはないということですが。何か思い出したことはありますか」

　川崎署と警視庁捜査一課が既にしつこく訊いたことなので、リウはその話はもう済んだというふうに首を振る。

「いいえ」

「二人の葬儀はこれからですか」

「死体をまだ警察が返してくれない」

　感情を見せずにそう言った。髪を短く刈り上げ、がっしりした顎、武術を嗜んでいるとわかる拳、大きな銀の指輪が二つ。そこにいるというだけで圧倒される。飯店とクラブとラウンジ、風俗店のオーナーという感じではない。リウは続けた。

「日本では二人の入る墓がない。故郷の天津に遺骨を送ることになる」

　傑は言った。

「弟のズーハンさんのお墓は？　日本にあるんですか？」

　リウの頬の線がこわばった。傑の顔を記憶に刻んでおこうとするように強い眼光で見、無言で階段を下りていった。

　リウが街路を歩み去ると、傑は祭壇を顧みて、階段を下りた。路上に組織対策犯罪部の音無と新米の女性捜査官が現れた。

「本人に接触するなって言っただろうが」

　音無が怒る。

「あっちから話しかけてきました」

「行確（行動確認）してるのがバレたじゃないか」

　苦い顔だがそれ以上責めないのは、リウは警察に尾けまわされているのを知っているようすだったからだ。新米女子が言った。

「天野さんタイマン張ってましたね」

　音無は眉をひそめ、

「高校生の喧嘩か」

　と言い捨て、傑の顔の前でバイバイと手を振った。

「じゃあな。あんたはリウに面が割れてる。ここからは邪魔せんでくれ」

　傑は素直にお辞儀した。

「車に乗せてきてもらってありがとうございます」

「これからどうする？」

音無は警戒する目を向ける。

「リウの弟の件を調べてみます」

「横浜はもういいのか。せっかく乗せてきてやったのに」

傑は、にっと笑った。

「リウに一発かましてやりましたから。目的は果たしました」

2　11：30　汐留

電車で汐留へ移動し、レイコの暮らすマンションを訪ねた。

一階玄関前の呼び出しボタンで部屋番号を押す。

「はい？」

レイコの声が応えた。傑は身分証をレンズに示した。

「おはようございます。何度も申し訳ありません。少しだけお話をうかがいたいのですが。今日も令状は、なしです。リウ・ズーハンさんのことで」

数秒の間があって、

「どうぞ」

玄関ドアが開いた。六階に上がって端の部屋のボタンを押すと、すぐにドアが開いた。

レイコは紫色のスポーツウェア、髪を無造作に後ろでひっ詰めて、化粧っけのない顔は、肌が白く、そばかすがあり、顔立ちも整っているが、思ったよりも老けて見えた。

「あら、相棒のお爺ちゃんは？」

「書類仕事です」

「そうよね、外回りは若い者の仕事よ」

広い居間に通された。全面ガラス戸の外に、日の降り注ぐ庭のようなベランダがある。三人掛けの革張りのソファを勧められた。パグ犬が真ん中に寝そべって新参者を観察している。

「トンチーおはよう」

傑が愛想笑いを投げると不快そうに唸った。レイコは窓を背にした一人掛けのソファに座った。

「咬まないわ」

傑はトンチーからできるだけ距離をとってソファの端に浅く腰掛ける。レイコは不服そうに傑を睨んだ。

「どうして今になってあの人のことを訊くのよ」

「亡くなった状況に不審な点があったと聞きましたので」

「ないわ」

きつい口調だった。

「自然死だって警察が言ったんじゃないの。あなた、報告書を読んだでしょ」

「はい。お酒と覚醒剤を併用摂取して心臓麻痺を起こした、と。しかしズーハンさんの神戸での行動には不明な点があって」

「あれでしょ、モバイル機器のすり替え。知りたいのはそっちなんだ」

ふうっと溜め息を吐き、何でも訊いてちょうだいという投げやりな横顔を見せた。

「ズーハンさんは喫茶店を巡ると言って神戸へ出掛けたそうですが。具体的に店の名前はおっしゃっていましたか」

「いいえ。いつも、ふらっと行っちゃったのよね、あの人」

「喫茶店以外に、どこかに寄るとか誰かに会うとかは？」

「言わなかった」

トンチーに向けていた目をこちらに向けてギュッと細めた。

「捜査員って二人で行動するはずなのに、なぜ一人なの？」

「私は資料係です。欠けている情報を補うのが仕事です。ズーハンさんのことが気になって」

「資料として？　それなら神戸に行けば？」

「行ってきました。ズーハンさんはホテルの外で酒と覚醒剤をチャンポンしてきたといいます。そんなことをする人でしたか？」

「するはずないわ。馬鹿じゃないのよ」

傑はうなずいた。

「私もそう思います。それで、あなたに訊きたくて」

レイコは傑をあらためて眺めた。

「喉をどうしたの？」

「チョウに斬られました」

「その仕返しに一人を撃ったの？」

「違います」

レイコは肩をすくめてトンチーに顔を向けた。傑は訊いた。

「ズーハンさんの喫茶店は、今は誰が経営していますか？」

「売りました。今は知らない人のお店」

「珈琲豆の輸入販売もなさっていたそうですが。仕事仲間はいましたか」

「代理業者から仕入れていただけ。喫茶店に販売用の豆を置いてたの」

「その業者を教えてもらえますか」

レイコは立って別の部屋に消えた。引き出しを開けたり何かを探す気配がして、一冊のファイルホルダーを持ってきた。

「これ」

一枚の請求書を差し出した。日付は三年前。「小矢代商会」と印刷してある。

「個人商店でね。お年寄りよ。もう引退したんじゃないかな」

住所は、横浜市鶴見区。チョウとウーが撃たれた川崎市のアパートと川を挟んだ町だ。

傑は、請求書をスマートフォンのカメラで撮り、住所と電話番号を手帳に書き写した。携帯電話の番号だった。レイコは元のファイルホルダーに戻すと、傑に笑いかけた。

「一人で調べてまわるのなら、うちのお店にも寄ってちょうだい。あなたあんまり警官臭くなくていいわ」

レイコはテーブルに置いてあるグッチのバッグから店の名刺を出して両手で手渡した。

「ありがとうございます」

傑は手帳に挟んだ。

「あなたなら店の子にもてるわよ。独身？」

「独身ですが高級クラブに行くお金はありません」

「男はお金じゃないわ」

皮肉っぽく微笑んだ。トンチーがもそもそと動いて、傑の膝の上に座った。

「トンちゃん、このお兄ちゃんが好きになったの？」

傑はこわごわ頭を撫でた。

「トンチー君、よろしく」

「女の子よ」

「あ、すいません」

　トンチーは膝に居座って動かない。傑は訊いた。

「ユーシェンさんは、何か武術をなさっているんですか」

　レイコの笑いがひいた。

「会ったの？」

「今朝、関帝廟で」

　レイコは真面目な顔つきになった。

「信仰があついの。文化や伝統を大切にするわ。同胞との絆も強いし。春秋拳の日本支部長よ」

　中国で最古最強といわれる武術だ。後続の流派や外国の武術の長所を柔軟に吸収して、永らく世界最強と目されてきた。

「強敵だな」

　傑がつぶやくと、レイコは傑の体を観察して、はは、と嗤った。

「戦ったらダメ。次に会ったら、逃げなさい」

「そんなに？」

「酒癖の悪い客で、プロレスラーやプロ・ボクサーのチャンピオンがいたけど、オーナーが対応したら、二度と来なくなったわ」

「ユーシェンさんが勝つんですか」

「潰しちゃうのよ。もう来ないように」

「自分の気配を消して後ろから相手に近づいたり？」

「真正面から行くわ、潰す時は」

レイコの瞳に光が揺れる。傑は訊いた。

「独身ですか」

「オーナー？　ええ、そうよ」

「もてそうですけど。お金もありそうだし」

「奥さんと子供を亡くしたのよ。十年ほど前に」

レイコは傑の目の色を読んで、首を横に振る。

「事件とかじゃないわ。家族で中国に里帰り旅行に行った時、鉄道事故でね。あの人だけ生き残ったの」

「そうでしたか」

資料には、リウ・ユーシェンが週に一、二度ここへ来ると載っていた。リウとレイコの関係は、お互いに家族を亡くした者同士で、寄り添う気持ちが芽生えてのことなのかもしれない。

「立ち入ったことまでお訊きしました」

傑は、トンチーをそっと抱きあげてソファの上に下ろした。

レイコが玄関まで見送って、傑が通路に出ると、内から施錠する音がした。

傑はすぐにスマートフォンを出し、小矢代商会の電話番号を入力した。呼び出し音を聞きながらエレベーターへ歩く。レイコが先手を打つ前に連絡を取りたかった。一階の玄関ロビーに出たところで、

「もしもし」

男の声が応じた。

「小矢代商会ですか」

「はい、小矢代ですが。商会は、もうやっておりません。年取って、店を畳みました」

喉に痰が絡まったような嗄れた話し声だった。

「警視庁の天野と申します。少しお話をうかがいたいので、これからお宅にお邪魔していいですか」

「何の用事でしょうか」

「以前に取引きなさっていたリウ・ズーハンさんのことで」

間があいた。

「刑事さんはいつ頃来られますか」

「一時間ほどで」

「わかりました。家のそばまで来たら、電話してもらえますか」

通話が切れた。どこか緊迫した気配があった。傑は駅へと急ぎ足になった。

3 13：00 横浜市鶴見区

京急鶴見駅前から国道に出たところでコンビニエンスストアを見つけた。午後一時を回っていた。おむすびとお茶のペットボトルを買って、駐車場で立って食べた。

国道を歩いて住宅街の道に折れ、小矢代商会の住所を探し当てた。古びた二階建ての民家だった。道に面した壁はベージュのタイル張りで、茶色のアルミサッシの窓が、二階に二つ、一階にひとつ。玄関の引き戸も茶色のアルミサッシの格子戸だった。タイルがところどころ剝げ落ち、アルミサッシの枠に灰色の錆が浮き出している。錆びた郵便受けの横に「小矢代商会」のプレートが残っているが、文字は褪せてほとんど読めない。静かな住宅地の中でも、ひっそりとした家だった。無人なのかと思った。

そばまで来たら電話してもらえますかと言っていた。小矢代の携帯電話にリダイヤルした。

「刑事さん、今どこですか」

老人の声が訊いた。

「お宅の前まで来ています」

「誰か見張ってないですか」

傑は路上を見渡した。

「いえ、別に」

「では、駅のほうに引き返して、国道沿いにスーパーがあるので、そこへ入ってください」

「スーパーにいらっしゃるんですか」

「はい。尾けられないように」

誰に？　と訊く前に通話は切れた。

言われたとおりに道を戻り、国道沿いの小さなスーパーマーケットに入った。

食料品売り場のレジの外側で、白髪の痩せた老人がこちらを見ていた。地味な灰色のジャケットとズボン、古い黒革靴。傑が近づくのをじっとうかがい、傑の背後にも視線を投げる。傑が声を掛けようとすると、くるりと背を向けて、建物の反対側のドアから出ていく。

ついていくと隣接した狭い駐車場で立ち止まった。傑は身分証を示した。

「小矢代さんですね？」

老人はうなずき、停めてある車を指さした。

「これに乗ってください」

シルバーの4ドアセダンだった。運転席に男がいる。日焼けした中年で、紺のポロシャツ、丸刈りにした髪が伸びはじめている。ぎょろりとした丸い目でこちらを睨んでいた。

「あの方は？」

「説明は後で。さあ」

小矢代は辺りを見まわして急かした。

傑が助手席の後ろに、小矢代が運転席の後ろにつくと、運転手は無言で車を出した。車内には煙草の臭いがしみついている。細い道路を抜けて国道に出て走った。脇道に折れ、首都高速の下を潜り、埋め立て地の倉庫群の道路を進む。小矢代は何度も後ろを振り返り、尾けてくる車がないか確かめた。どういうことなのかわからない。

「刑事さんは何課ですか」

「公安部です」

「私のことは誰から聞きましたか」

「レイコさんです。リウ・ズーハンさんの奥さんだった」

傑が答えるたびに、小矢代は、やはりそうかという真剣な表情でうなずく。傑は訊いた。

「誰を警戒しているんですか？」

　小矢代は身を乗り出して運転手に言った。

「この辺に停めてくれ」

　倉庫会社の高いコンクリート塀に寄せて停車した。小矢代は背後を気にしている。傑は言った。

「最近何か気になることがありましたか」

　小矢代は傑を見た。

「あなたですよ。刑事さんが家に来たことで私は命を狙われる」

　運転手もバックミラー越しに傑を睨んでいる。

「狙われるって、いったい誰にですか」

　小矢代は不安げに目をしょぼつかせた。傑は言った。

「実際に身の危険を感じたことがありましたか」

「これからありますよ。しばらく身を隠します」

　不安の根拠がわからない。傑は別の質問をすることにした。

「商会の仕事はいつまでなさっていましたか」

「三年前までです」

「リウ・ズーハンさんが神戸で亡くなった時は？　もう辞めていましたか？」

うん、と唸って、

「もう新しい取引きはしていなかったなあ。残務処理だけで」

「ズーハンさんが神戸へ行ったいきさつなどはご存知ありませんか」

　小矢代はバックミラーでこちらをのぞく運転手と目を合わせた。運転手は煙草に火を点け、窓ガラスを少し開けて煙を吐き出し、初めて口を開いた。

「小矢代さん、言っといたほうがいいよ。もしあいつらに口を塞がれたら、やられ損じゃないか」

　傑は訊いた。

「あなたはどなたですか」

　小矢代が答えた。

「第八八宝丸の船長ですよ」

　すぐには思い出せなかった。横浜の漁港でチョウとウーが密航船に乗るために隠れていた漁船の名だった。傑が斬られた時にはまだ漁港に来ていなかった船長が、今こんなところで小矢代の運転手をしている。傑は、煙草を吸う船長の横顔と小矢代の顔を交互に見た。

「あなた方の関係は？　リウ兄弟の仕事つながりで？」

　船長は窓の隙間から煙を吐き、火のついた煙草を投げ捨てた。

「まあそんなところだ。俺は県警本部に呼ばれて昨日まで尋問されつづけた。おかげで漁業組合には出入り禁止、漁業権剝奪だって脅されてよ。リウの兄貴をちょっと手伝っただけで酷い目に遭ってんだ。小矢代さんだって、昔の仕事で弟のズーハンに関わっただけなのに、いつまでもこんなふうによ」

リウ兄弟に不本意ながら関わって、二人とも被害を被り、不満を募らせていると言いたいのだ。実際は密輸や闇取引きに積極的に関わって儲けていたのかもしれないが、そうではないと訴えておきたいのだろうか。傑は言った。

「それにしても、身を隠すとか口を塞がれるとかは、大げさではないですか？　リウ・ユーシェンがコワモテなのは知っていますが。心配なら警察で保護します」

小矢代は激しく首を横に振る。

「何にもわかってないですよ、刑事さんは」

「大丈夫です。後ろにチャイニーズマフィアがいても、守りますから」

「それだけじゃない」

「どういうことですか？」

船長が苛立たしげに小矢代を振り返った。

「さっさと話してさっさと身を隠そうよ。ぐずぐずしてるとあっち側にも追っつかれる」

あっち側？　リウの他にも誰かいるのか。傑はわからなくなったが、見当違いなことを言うと軽く見られそうなので黙って待った。小矢代は瞳の光を弱くして口を開けたり閉じたりしていたが、ようやく言った。

「ズーハンさんとは、一緒に輸出入の仕事をして、まあ、その、裏の儲けのようすも、少しは話してくれましたのでね。私は関わってはおりませんが」

また後方をチラと確かめ、

「神戸へ行く前に、ズーハンさんは、良いツテをつかむことができるかもしれないって喜んでいましたよ」

「良いツテを、神戸で？」

「それ以上は知りません。ひと言そう洩らしただけです」

「日本企業の秘密情報を欲しがる中国企業とつながりをつくるということでしたか」

小矢代は、口にするのをためらうというより恐れているようすだったが、傑の理解力のなさに怒るように言った。

「ズーハンさんは神戸の仕事では儲ける気持ちは薄かった。それなのに死んだ。殺された。殺したとわからない方法で。わかりますか。つまり暗殺だ。企業が暗殺までしますか」

傑は考え込み、小矢代の瞳の恐れの色をのぞきこんだ。

「ズーハンさんを殺したのは国家の組織ですか」

「神戸で上手くやれば北京（ペキン）にツテができると喜んでいた。愛国者でしたからね」

小矢代は言い終えると用心深く路上に目を走らせる。運転席で船長が言った。

「あっち側の連中は、これで警察が小矢代さんに目をつけたと知ったわけだ。小矢代さんはしばらく隠れるから。刑事さんがまだ何か訊きたいなら俺に連絡してくれ」

「私が接触したのですぐに危ない目に遭うと？　あっち側からずっと見張られている？」

小矢代はぼそぼそとつぶやく。あっちだけじゃない、あっちよりも怖い、と言ったようだがよく聞き取れなかった。船長に、

「早く行こう」

と言って後は口を閉ざした。

「駅のそばまで送るよ」

船長は車のエンジンを掛けた。

4　15：30　警視庁公安部

警視庁に戻ると、ソトニのシマで、金剛警部補を捜した。金剛は壁際の対面式ソファで背凭れに頭を乗せ、目の上に小さなクッションみたいなものを乗せていた。傑は向かい合うソファに座った。

「金剛さん、教えてください」

「何？」

口だけ動いた。

「不審死したリウ・ズーハンですが、神戸で企業秘密漏洩疑惑に関わっていました」

「スカイビング半導体」

「知ってたんですか」

「天野君が神戸へ行ったっていうから、データをいろいろ遡及してみた」

クッションみたいなものを外してこちらを向いた。眩しそうに目を細める。

「これは新製品なの」

「眼精疲労に効くんですか」

「目尻の皺を伸ばす効果があるって。どう?」

金剛は顔を左右に向けて、目尻を見せた。

「はあ、確かに……」

「目尻の皺対策として、笑うのはよくないのよね。まあ、最近は笑うことなんてあまり無いんだけど」

傑は話題を変えるように小矢代の証言を伝えた。

「中国のインテリジェンス組織関係は、金剛さんの専門ですよね。ズーハンがデータの入ったモバイル機器を渡した相手の組織って何ですか?」

「国家安全部第十局」

即答した。

「国の組織ですか」

「ええ。中国は政府と軍がそれぞれにインテリジェンス組織を持っているけど、第十局は、政府系の機関よ。政府、つまり中国共産党ね」

金剛はおもむろに立って自分の机へ行く。小さなクッションみたいなものを引き出しにしまい、パソコン用の眼鏡を掛け、猫のイラストが描かれたスリッパに履き替えて、パソコンのスリープ状態を解除した。キィボードを高速で打つと、ディスプレイに英文のデータがスクロールしはじめる。

傑が後ろに立ってのぞくと、金剛はぶつぶつとつぶやきながら更にキィボードに指を走らせる。

国際刑事警察機構の犯罪情報システムに接続し、データバンク内を検索している。

「これかも」

ヒットした文書を開いた。傑は言った。

「英語読めません」

金剛は日本語翻訳ツールで変換し、プリントアウトした。傑はソファに戻って概要を読んだ。

去年の七月。シンガポールの工業用塗料開発企業で、特殊塗料開発に関する極秘データが盗まれた。レーダー波を吸収する特殊な塗料で、ステルス戦闘機やステルス艦などに軍事転用できる新しい技術だった。

データの漏洩に関わったとみられる企業のデータ管理者は、パラワン・アイランドの海岸で頭部を撃たれた姿で発見された。摘出された銃弾はスミス&ウェッソンの四十口径。ヘッケラー&コックUSPタクティカルにサプレッサーを装着したものから発射されたとみなされている。

データ管理者は生前、中国国籍の人物複数人と接触したとの情報があり、その中には、中国の商務部、国家安全部科学技術局の関係者も含まれていた。それら関係者は既にシンガポールを離れており、捜査協力を依頼された中国当局にも行方が追えなかった。

傑は金剛の机に戻った。

「画像データはありませんか。殺されたデータ管理者が関係者と会っているところが防犯カメラに映っていた、とか」

「シンガポール警察に照会しなきゃ。探しておく」

金剛はキイボードを打ちながらそう答えた。

傑は自分の机で、神戸へ行ってからの報告書を打ち、筆原係長の決済用フォルダに入れた。

壁のデジタル時計をみると十六時半を回っている。隣りの空いた椅子が目に入り、警部補は早退か、内勤の資料係として彼が本来あるべき姿なのだと胸中でつぶやいた。

傑は、自分のパソコンの共有フォルダで、ピークデンキの現場写真を開いた。

今回のスタート地点だ。美しい顔立ちの若者が血の海に座っている。家電量販店のトイレで喉を掻き切られて。

汚された美形。見せしめの公開処刑みたいだと感じたものだった。あらためて現場写真を見ると、確かに〝そんな感じが強い。

復讐。見せしめの、報復。

しかし何に対する復讐なのか。

一連の死を時系列順に並べてみる。

三年前、神戸でリウ・ズーハン、愛知でスカイビングの元社員。去年、シンガポールで現地企業の社員。今週、新宿で名も知れぬ若者、川崎でチョウとウー、ゴロー。

ズーハンの死に中国のインテリジェンス組織、たとえば国家安全部の裏の組織が関わっていたとする。そして、ピークデンキでの若者の死に、リウが使うチョウとウーが関わっていたとする。また、シンガポールと川崎の射殺で同じ銃が使われていたとすると。

「アジアでの企業秘密の売買。報復の連鎖」

つぶやいて、美しい死に顔を見た。

企業秘密を盗む組織がズーハンを殺した。兄のユーシェンがチョウとウーを使ってその組織の人間に報復した。するとまたその組織の別の人物がチョウとウーを射殺した。そう考えれば、この名も知れぬ美しい若者は、企業秘密を盗むあちら側の組織の関係者だと推定できる。報復の応酬はまだ続くとすれば、次は、リウ・ユーシェンが牙を剝く番か。

卓上電話が鳴った。

「はい」

「筆原だ。マルマル室に来てくれ」

マルマルは、ゼロゼロ。各階の、部屋番号が「00」の部屋を指す。十四階なら「一四〇〇号室」で、「イチヨンのマルマル室」という。同部署の者同士なら「イチヨン」は省略する。打ち合わせや会議に使われる部屋だ。今、マルマル室で何が行われているのか、なぜ自分が呼ばれるのか。

「了解しました」

傑は席を立ちながらパソコンをオフにした。

5　17：00　警視庁１４００号室

一四〇〇号室のドア横に液晶パネルの表示がある。「新宿・川崎捜査統括連絡会議」と出ている。広域捜査本部の連絡会議だ。

ドアをノックして入ると、長机がロの字形に並んで、警視以上、課長、管理官以上の面々が居並んでいた。

奥の壁面は電子黒板。残り三方の壁際にパイプ椅子が並び、警部以下、係長以下の捜査員がお偉方を取り巻くように座っている。全体で三十名ほど。現場に出ている捜査員はもっといるので、たまたま本庁や署にいた者が動員されたらしかった。

傑はドアの近くに座った。自分は玄関番程度の位置だろうと思ったのだが、視線があちこちから向いてくる。おまえがあのドジ野郎かと責められている気がして、会議が始まっても息を潜めて傾聴していた。

電子黒板に画像と文字で報告が現れて、各部署のコメントが次々に述べられる。中でも発言力があるのは、新宿署刑事一課の課長だった。髪は半白、太い眉毛が白髪で、鷲鼻、重々しい話しぶりの男だった。ピークデンキ事案の被害者は未だに身元不明だが、現在、重要参考人を捜査中だと言った。

「事件発生前夜、現場近くの新宿ゴールデン街で、男がナイフを振りまわして傷害事件を起こし、逃走しています。目撃者の話では、覚せい剤所持および売買、傷害の前科のある男で、この男が開店直後のピークデンキの階段ないしはトイレに身を隠していて、出会い頭に被害者に斬りつけたと思われます」

「防犯カメラにその人物は映っていますか」

警視庁捜査第一課の課長がたずねた。

「いえ。ご存知のように、防犯カメラは事件当日不具合を起こしていました。店員への聞き込みから、男は店内には入っていないと判断できます」

新宿署一課の課長の後ろで、壁際に背もたれを付けたパイプ椅子に、初老の芥川が座っている。課長のお供を命じられたのだろうか。傑と目が合うと、ご苦労さんというふうに、そっと笑ってきた。どうやら芥川がレイコを訪ねた際のトンチー報告書は課長の心を惹かなかったようだ。

警視庁組織犯罪対策部の部長代理が発言した。

「現場近くでカメラに映っていたヤングブラッドの準構成員二人は逃走中に川崎で何者かに射殺された。半グレ同士の抗争と見られます。ピークデンキでの被害者が、二人に敵対するグループの関係者である可能性が高い。都内の半グレ集団ならびにチャイニーズマフィアを徹底的に洗う必要があります」

後ろに控えている音無を振り返る。

「追加の情報はあるか」

音無は、はい、と背筋を伸ばした。

「同じ組織内の分裂、内部抗争の線もあります。そちらも捜査中です」

「よろしいでしょうか」

壁際の筆原が手を挙げた。

「公安部資料係です。ピークデンキの被害者は事件より一週間前の日曜日に新潟空港から入国しています。ウラジオストクからのフライト便で。パスポートの名前は、タン・シン・ヤン、二十七歳、シンガポール国籍です。中華系、福建（ふっけん）人のようですが、シンガポール警察に照会したところ、その人物は実在しません。偽造パスポートで仮想の人物になりすまして入国した。背後にプロフェッショナルな組織があると考えられます」

新宿署刑事一課の課長が苦々しい表情で座を見渡した。

「まとまりませんなあ。いつものように皆さん専門性を発揮して事案を自分の土俵にもってこようと絵を描いている。我田引水も今回はちょっと強引じゃないかな。川崎の射殺は関係があるのか。二人の観察対象者がたまたまピークデンキの近くを歩いていたというだけだ。新宿と川崎の件はまったく別々の事案と考えたほうがいい。つなげようとすれば道を間違える危険がありませんか」

「この会議自体が無意味だということですか」

組対部長代理が気色（けしき）ばんだ。新宿署一課長は意に介さないようすで、

「情報を摺（す）り合わせてみれば、結果、そういう結論になるかもしれませんな」

「しかし、二人はピークデンキ事案の直後に国外逃亡を図っています」

「出国の目的を確かめたわけではない。何か他の事情があったのかもしれない」

「川崎でチョウが情報提供者のゴローに投げたナイフは、コールドスチール社製のピースメーカー。長さ二十六センチ。ピークデンキの死体の切り口にも合致します」

「死体に付着した金属片が一致するだとか、もっと確たる物証が要るだろう」

筆原が挙手した。

「先ほども申しましたが、ピークデンキの被害者が偽造パスポートを使って不法入国したことから、本件は何らかの組織的な背景を持った事案だと思われます。実行犯の検挙だけではなく、その背景の全容を明らかにしなければ、捜査は終わりません」

ゴールデン街の通り魔説を受け入れない発言だった。新宿署一課長は筆原を不快そうに睨んだ。

「おい君、狭い地域内、狭い時間内に、刃物を振り回す者が同時に二人もいたと想定するのかね」

「ゴールデン街でナイフを振り回した男は、翌朝ピークデンキに行くまで、狭い地域内から逃げないで警察の追跡をかわしていたのでしょうか」

「そうだよ。徘徊(はいかい)だ。クスリが効いていて、逃げ出すことに気が回らなかった」

押しかぶせるような言い方だった。傑は手を挙げた。

「公安部資料係の天野です。川崎で撃たれた二名の雇い主、リウ・ユーシェンは、三年前に神戸で起きた企業秘密漏洩事件に絡んで弟を亡くしています。その事案には、背後に中国のインテリジェンス組織が存在する可能性がありました。タン・シン・ヤンと名乗っていた今回の被害者が、組織の関係者なら、日本の国内で、中国のインテリジェンス組織とチャイニーズマフィアとが争っていると推測できます」

新宿署一課長はますます険しい顔になった。

「公安の皆さんは背景のドラマを創るのがお好きなようだ。情報の集積は、現時点では、断片の寄せ集めだ。脈絡がない。どんな形にも組み立てられる。我田引水もけっこう。だが、実際に刃物を振り回したやつを確保すれば、わかることだ」

一介の捜査員めが、と傑を睨み、こいつが捜査をあちこちで掻き回してミスリードさせているハムの天野か、と気づいた顔になる。

奥の席から声が掛かった。

「情報を摺り合わせた結果、それぞれがつながりのない事案だったとわかれば、それも一歩前進ということです」

公安部の福澤部長代理だった。どこに肩入れするのでもなく、全体の顔ぶれを見渡して言う。

「それぞれの部署で、いま追っているところを更に深く掘っていただけたらと、お願いしておきます」

落ち着いた話しぶりに、とげとげしかった新宿署一課長も矛先を納めてうなずいた。福

澤には一目置いているらしい。福澤は、

「各部署の情報を摺り合わせる作業を、早急にしなければいけない。皆さん手に入れた情報は直ちに共有できるようにご報告ください」

と張りのある声で言い、

「素性がどうであれ若者が四人も亡くなっている。これ以上の死者が出るのは食い止めたい」

と付け加えた。哀しげな目だった。

傑は、福澤の一人息子翔馬を思い浮かべた。傑より一歳下で、中学までは道場で一緒に練習し、仲も良かった。翔馬は大学生だった二十歳の冬、陸橋から落ちてトラックに轢かれて死んだ。事故か自殺か不明のままだ。福澤は、それ以前に妻を乳癌で亡くしており、現在は独居している。若者が殺されたピークデンキの事案に胸を痛めているのかもしれない。

ポケットのスマートフォンでジョン・レノンが『スタンド・バイ・ミー』を歌いはじめた。慌てて見ると通話の発信者は「非通知」だった。傑は、一斉に向けられる視線から逃れて、失礼します、とドアの外へ出た。通路の壁際に寄り、

「はい、天野です」

掛けてきた相手は無言だった。

「どなたですか？」

傑は、相手の背後に何かの音や声は聞こえないかと耳を澄ませたが、何も聞こえない。クスクス、と堪えきれずに息を洩らすような笑いがする。

「誰なんだ？」

通話が切れて、プーという音が続く。

「もしもし？」

事件の関係者からだったのか。非通知であっても、警察から照会すれば通信会社は掛けてきた相手を教えてくれる。ただし、事案との関係性が説得できれば。今の場合は適用外だ。気掛かりだがどうしようもない。

よし、と傑はうなずいた。誰からの通話かはわからないが、会議から脱出できたのはありがたい。議論がどこへ向かうにせよ、自分は、リウ・ユーシェンの資料を補完する。徹底的に行動確認だ。その結果、新宿一課のあのお偉いさんに恥をかかせてしまっても、やむを得ない。

そう決め、会議が終わる前に捜査車両を借りて出発しようとエレベーターを目指した。

6　18・30　銀座

銀座は夕暮れている。

ビルの谷間に宵の暗がりが満ちてきたが、地上の濃い影はネオンが灯ると一瞬で消える。クラブ「愛蓮」の入るテナントビルは三丁目にあった。テナントのほとんどは高級クラブだ。

傑は捜査用車両のシルバーのクラウンで路肩に待機した。出勤する女たちがビルに入っていく。運転席に身を沈めて華やかな色彩を見送った。さっき会議中に掛かってきた通話はどこからだったのか。まだ気になっている。気になるといえば、会議で組対の連中が、半グレ集団やチャイニーズマフィアの話題に触れていた。ピークデンキの事案が起きる一週間前から組対は横浜のリウ・ユーシェン周辺を監視している。目的は何か。

青いワンピースのえりかが目の前の舗道を歩き過ぎた。上等な背広を着た起業家ふうの男と出勤していく。いかにも高級クラブのホステスになりきっている。それを見送っていると、クラウンの脇を、白い国産の高級車が通り抜けて、ビルの前に停まった。レイコの汐留のマンションに迎えに来た車だった。ビルの玄関に、リウ・ユーシェンが現れた。運転席から身なりの良い若者が出て、後部ドアを開ける。レイコを迎えにきた若者だ。リウを乗せて車は走りだした。

間に何台か挟んで追尾した。

車は晴海通りを下り、銀座料金所から首都高速に入った。江戸橋、一ツ橋を経て、護国寺で降り、国道を走る。

池袋に来た。七時半だった。リウの乗った車は速度を落として、右折ランプを点けた。道路に面したビルの地下駐車場へ入っていく。

ビルは一階が全面ガラス張りで、煌々（こうこう）とした灯りを歩道へ投げかけている。中では、薄青色の道着を着た男たちが拳法の型の練習をしていた。ガラス張りの上の外壁に「春秋拳・池袋房」と看板が掲げられている。傑は道向かいの路肩に停車してライトを消した。

春秋拳の道場の前にはバイクや自転車が停まっている。周囲の飲食店はどこも中国語の看板を出している。傑はその数の多さを見まわした。ちょっとしたチャイナタウンだった。豊島区には一万人以上の中国人が暮らしている。中華街やチャイニーズマフィアといったイメージは既に過去のものだった。

傑は運転席のウィンドウを下ろし、小型のデジタルカメラを道路の向こう側へ向け、シャッターを押した。マットを敷いた道場で実戦練習する男たちの動きを見つめる。

攻撃は瞬発力があって鋭い。攻め技をからめとるように受け止めて、接近戦で隙を突く。柔と剛を巧（うま）く合わせて、なめらかで破壊力がある。囲碁将棋のように何手も先まで相手の動きを読んで、誘い込んで制し、とどめを刺す拳法だった。

コッコツ、とウィンドウを叩く音に振り返った。

助手席の外に男がいる。リウの車を運転していた身なりの良い若い男だった。歩道に、十人ほどの男たちがいた。不穏な空気を発散させて男たちは傑の車を取り囲んだ。尾行に気づいていたのだ、というより、銀座からここまで、誘い込まれたのだと思えた。

男はもう一度助手席のガラスをコンコンと叩いた。傑は手を伸ばして助手席のウィンドウを下ろした。男がのぞきこんだ。

「お仕事ご苦労様です。会長が、ぜひ道場をご見学くださいと申しております。どうぞ」

「会長？　リウさんですか」

「はい」

「職務中ですので遠慮しておきます」

男の表情が険しくなった。目が凄みを帯びる。車を取り囲む男たちにも兇悪な空気が強くなる。運転席の外の車道に回ってきた男が、開いた窓に手を入れて、デジタルカメラを取り上げた。

「盗撮してましたよね」

傑は素早く奪い返し、

「仕事です」

とつぶやく。

「遠慮なさらずに、どうぞ」

助手席側の男が繰り返す。

「わかりました。せっかくのお声掛けですので」

傑はウィンドウを上げ、ドアを開けた。

「短時間だけ見学させてもらいます」

「天野先生、どうぞ、ご案内します」

7　19:45　春秋拳・池袋房

リウの車の運転手が前に立ち、歩道を信号のある交差点へと歩きだす。男たちが後に続いた。逃がさないという威嚇だろうか。先導する男が言った。

「俺を覚えてますか。チャオです」

冷厳な二枚目だが見覚えはない。

「八年ほど前に、オープン空手の関東大会で天野さんと当たったことがあります。俺は古山田道場で。負けましたがね、あの時は」

傑は接戦だった試合を思い出した。

「ああ、あの時の」

「あれから俺は半グレで、地下トーナメントで暴れたりしてたんだけど。ある時、銀座でリウ先生に絡んで。秒殺されちゃって」

「それで弟子入りを？」

チャオはニヤリと笑う。

「会長は神なんだ」

傑は、後ろを振り返って、男たちの一番後ろで隠れるようについてくる青年に声を掛けた。

「ここに通っていたんだな」

壺屋道場の門下生でもあるヤン・イーミンは、チャオに呼ばれてついてきたら相手が傑だったので目立たないようにしていたのだろう。気づかれていたのだと知って、開きなおったふうにふてぶてしい顔になった。傑が、

「卓司の技を返したのは、春秋拳の動きだったのか」

と訊くと、生真面目な顔になった。

「リウ会長は神だ」

ガラス張りの明るい道場に入った。

エアコンをつけているが、熱気と汗の臭いが籠っている。周りから挨拶の声が飛ぶ。

激しい取り組みを行っているのを、奥の壁際の椅子に座って、リウ・ユーシェンが見ていた。黒い道着に着替えている。傍らにつれていかれた傑に、

「天野さん、どうぞ」

隣りの空いている椅子を勧めた。

「失礼します」

傑は並んで座り、目まぐるしい攻防戦を見学した。互角の争いだったが、最後は一方が正拳突きをみぞおちに当てて相手を悶絶させた。攻防の流れでは体を密着させるような接近戦もあった。傑が最近練習しているクラヴ・マガの動きも取り入れているようだった。

リウの視線を感じる。静かなのに威圧される。

「どうですか、春秋拳は」

「動きがしなやかです。勉強になります」

次の二人が対戦形式の練習を始めた。傑を案内してきたチャオが黒い道着に着替えて、同じ黒い道着のヤンと対峙するのだった。一礼の後、ヤンの凄まじい攻めを、チャオは風に舞う羽のように受けていく。

「長い歴史がある拳法でね」

リウ・ユーシェンが言う。傑はうなずいた。

「様々な流派の動きを取り入れていますね」

「心を開いて、世界を受け入れる。精神を鍛えるのに必要なことだ」

「気配を消して忍び寄る技もあるようですね」

　リウはつまらない冗談を尊大に聞き流すふうだった。

チャオとヤンは攻めと受けを替えて目まぐるしく動く。ヤンは壺屋流の攻撃技を繰り出し、チャオが受ける。他流試合の様相を呈してきた。リウは目で追いながら言った。

「私たちは、この国が求めることを、心を開いて、虚心坦懐に受け入れている。ここで生きる私たちは、この国の正義に従順でありたい」

　ヤンは蹴りと突きを激しく繰り出して攻めるが、決め手を欠いて疲れが見えた。リウは続けた。

「同時に、自分の母国にも誠実でありたい。母国に忠でないのは、親不孝と同じで、人として許されない」

　傑はしばらく考えてリウの横顔を見た。

「この国の正義と母国の正義との板挟みになっているということですか」

　胸に蹴りを入れられたヤンが吹き飛ばされてきた。傑はそれを受け止めて、自分の背中を壁に打ちつけた。蹴りを入れたチャオが寄ってきて、崩れ落ちたヤンを助け起こした。息もあがらず、汗もかいていない。ニヤリと笑った。

「天野さん、どうですか。久しぶりに俺と」

「いえ、それはさすがに」

慌てて首を横に振ると、起き上がったヤンが冷ややかに一瞥した。チャオは、

「道着ならお貸しします。春秋拳をぜひ体験してください」

と、しつこい。リウが言った。

「無理なお願いをするな。他流試合ができるか。しかも勤務中に」

チャオは、顔色をあらため、退いた。周りの男たちは不満げにこちらをうかがっている。

リウ会長と並んで座ったのならそれなりに腕の立つところを見せろというのだ。傑が困ると、リウが助けるように言った。

「では、型の説明だけでも聞いていってください。服もそのままで大丈夫」

さあ、と誘われ、リウと向き合って立たされた。

傑はがっしりとした体格のリウを見上げた。

「型とは？」

「春秋拳の基本は受けだ。どういう型でもいいので何手か攻めてきてもらおうか」

「私が攻めるのですか。壺屋流の空手ですが」

「琉球の壺屋八山先生は存じあげている。若い頃に教えを受けた」

どこからでもどうぞ、というふうに、構えることもなく立っている。

「では」

傑は、力を入れずに、正拳突きを右、左、右の膝、右の回し蹴り、と出した。リウは、全ての攻めに、磁石のようにぴたりと合わせて防いだ。その肌の感触は硬く、防御の鍛錬を積んでいるのがわかる。

「もっと早く、強くやってもらって構わない。順番も変えて」

リウは穏やかに言った。

「では、失礼して」

傑は、もう少し本気で、四、五手、繰り出した。リウの受けは素早く、傑は相手のペースに乗せられて動かされている感じを抱いた。気がつくと、リウの拳が傑の額にぴたりと寸止めされている。

「え？」

傑の攻めが全て完璧にふせがれて、次の手が出せない状態で、リウに額を打たれた、ということになる。傑は首を傾げた。リウはあいかわらず穏やかに立っている。傑は表情を引き締めた。

「もう一度、いいですか」

「どうぞ」

傑は、もう半歩下がって、半身に構え、リウの全身を眺めた。距離感をつかむと、今度は本気で、攻撃した。リウは少しずつ退きながら、素早く全て防御する。傑は、相手の速さを上回ろうとして、かえって相手の流れに乗せられ、動きを制御されている気がした。将棋のように、攻める手の選択肢をどんどん減らされて、こちらが攻めているにもかかわらず、追い込まれていく感覚がある。

操られている。

気がつけば、リウの右手指が二本、傑の喉元をまっすぐに突き刺す寸前で止まっていた。

「ああ、これは」

傑は啞然(あぜん)としてつぶやき、元の位置に戻って一礼した。

「勉強になりました」

リウは笑っていない。瞳が射すくめる光を放って傑を捉えている。傑の動きと力を見切って、一撃で倒す方法を組み立て終えたという冷徹な輝きだった。

8　22:30　西荻窪

鍵を回し、ドアを開ける。室内の籠った空気が溢れ出る。疲れて体が重たい。台所の窓を開け放して、換気扇も回す。シンクの水道水をコップに受けて飲んだ。

リウには完敗だった。傑は、自分の手足の動きとリウの受けを脳裡で再現した。リウは受けていたのではない。やはりこちらがリウに操られていたのだ。それはわかるのだが、リウの動きには誘っている感じはなくて、こちらの動きに自然に応じているとしか見えないのだった。

キッチンの時計は十時半を回っている。着ているものを脱いで洗濯機に放り込み、シャワーを浴びた。Tシャツとパンツで布団の上に大の字に寝るとすぐに眠くなってきた。うとうとしていると、枕元で『スタンド・バイ・ミー』が鳴りはじめた。母からだ。寝転がったままスマートフォンをつかんだ。

「はい？」

「家にいるの？」

「ああ。久しぶりに我が家で寝ようとしてるところ」

「遅くにご免ね。父さんがまだ帰ってこないんでね。ケータイを家に置いていっちゃって。そっちへ行ってないかと思って」

「こっちに？　いいや。そもそもうちなんかに来ないよ」

「そう……」

「行き先を母さんに言っていかなかったの？　今日は道場は休み？」

「子供教室の日。卓司君が代わりに来てくれたけど」

父は無断で家をあけたことがない。母の声は曇っている。

「道で知り合いとばったり会って居酒屋にでも寄ってるんじゃないか」

傑は不安を取り除くように軽い口調でそう言った。

「父さんお酒飲めないわ。無理に飲まされて事故に遭ったりしてないかしら」

「空手の道場主だぜ。それはないよ。心配なら警察に照会しようか？　捜索願でも？」

「後で叱られるわ。そこまでしなくていいけど。仕方ないね。まあ待ってる」

「先に寝ちゃえばいいさ」

通話を切った。目が覚めてしまった。暗い天井を見た。

父はどうしたのか。母の不安が感染っている。母が思ってる以上に父は空手の達人だ。事件に巻き込まれたのかなどという不安はないが、母が心配しているとわかっていて連絡をしないのは、父らしくない。不安が膨らむ。

「いやいや、考え過ぎちゃ駄目だ」

傑は不安を押し返すように言った。

この頃、父はふらふらと外に出る。夜遊びはこれまでになかったといっても、今日を始めとして、これから再々こんなことをするかもしれない。友達と夜更けまで外食するかもしれない。好きなことを好きなようにする好々爺然としてきたということか。まあ何にせよ心配は要らない。何かあっても防御力は人並み以上なのだから。

「寝よう」

つぶやいて目を閉じた。

V　木曜日

1　木曜日　7：00　西荻窪

目覚まし時計が鳴る前に目が覚めた。六時五十分。意識の表に、さまざまな記憶がいっきに噴き上がってくる。ピークデンキでのタン・シン・ヤンの死に顔、リウ・ユーシェンの指先、父の横顔。

「あ」

声をあげてしまった。そういえば、昨日、誰からか不明の通話があった。非通知だった。統括連絡会議の最中に。事件の関係かと考えていたが、父か、その関係の電話だったのかもしれない。父は携帯電話を家に置いて出たといっていたが。

傑は気になって、枕元のスマートフォンを取った。昨日の着信履歴を見返したが、履歴が残っておらず、手掛かりはない。非通知だから履歴に残らなかったのか。

このことを母に知らせようと考え、目覚まし時計のアラームを切って布団を出た。洗面所で顔を洗い、七時を回ったので、実家に電話をした。すぐに母が出た。傑が言うより先に、

「父さん帰ってきた。夜中にね。そっちへ電話しようかと思ったけど、寝てたら悪いから」

「そう。よかった。どこへ行ってたって?」

「昔の知り合いだって。遅かったし、ちゃんと聞かなかったけど。まだ寝てるわ。お騒がせしました」

誰と会って何をしていたかを母が根掘り葉掘り訊かないのは妙だったが、二人の間に微妙な問題があるのかとも思えた。無言電話の件は言わずに通話を終えた。

食パンをトースターで焼き、インスタントコーヒーを淹れて卓上に置いた。パンをかじりながら、父はどこへ出かけていたのだろうと思った。空手関係の知り合いや弟子だけでもかなりの数になる。見当もつかない。

「まあ、無事のご帰還で何よりだよ」

そんなことより、ピークデンキの事案だ。補完しなければならないのは資料のどの部分か。コーヒーを飲みながら真剣な表情になった。

2　8：30　警視庁公安部

八時半には公安部の自分の机に着いた。

リウ・ユーシェンに迫る道はないか。資料補完を通じて。

八方塞がりな気分だった。

空手でもリウには手も足も出ない。生涯不敗など笑わせる。補完の手掛かりを求めて資料整理するぐらいしか思いつかない。パソコンを起ち上げて捜査用の共有フォルダに集まったデータを眺めていた。犯人確保に向けて他部署で何かが進展した気配もない。

チョウとウーが射殺されたことで重要参考人はいなくなり、解決は遠のいてしまった。事件とリウを結ぶものはなくなった。あてどなくデータを次から次へと送る手が、止まった。

一枚の画像がディスプレイに映っている。

渋谷センター街。ピークデンキの事案の三日前。先週の木曜日、二十一時。繁華街の往来の防犯カメラの画像に、殺されたタン・シン・ヤンが映っていた。

次の画像に替える。タン・シン・ヤンと接触したかもしれない男の拡大写真。四十代半ば、小太り、眼鏡、七三分け、ジャケットに斜め掛けのボディバッグ。会社員風のこの男は、ただの通り掛かり、無関係な通行人なのか。傑はディスプレイに顔を寄せる。事件に関係がある、と仮定して、どんな役回りなのか。もし事案が産業スパイ絡みなら、この男は、どこかの企業の勤め人で、営業秘密のデータを売り渡したか売り渡そうとしたか、といったところだろう。タン・シン・ヤンは、この男と接触した三日後の朝、ピークデンキで殺された。殺したのはチョウとウー。その背後にいるのはリウ・ユーシェン。ということであれば、この男は、タン・シン・ヤンとリウを結ぶ存在であり、リウに迫るための突破口なのだ。

「この男も既に消されているか。それとも全ては俺の妄想かも」

傑はつぶやいて男の画像をプリントアウトした。

どうやって捜すか。

何か特別な企業秘密を握っている人物だとして、そもそもどんなきっかけでリウと結びついたのか。

傑の脳裡にレイコの顔が浮かんだ。

「常連客か」

風体からして銀座の高級クラブに通えるほどではない。サラリーマンが社用で使うというラウンジの客だったのかもしれない。レイコがリウの意を汲んで客の情報を集めているのか。利用できそうな客に、闇の儲け話を持ちかけて、仲介する。この推測は確認してもよさそうだった。

えりかの顔が浮かぶ。つい最近までラウンジで働いていた。この男の写真を見せて訊いてみるのがいい。

傑は腕時計を見る。午前九時前。えりかは熟睡しているだろう。電話をすれば叩き起こすようなものだが、午後に起きるのを待ってはいられない。傑は、自分のスマートフォンで、えりかに電話を掛けた。

呼び出している。

「はあい？」

眠りの底から引っ張り上げられたような、えりかのぼんやりした声が応じた。

「天野です。お休みのところ誠に申し訳ありません。訊きたいことがあって。会いたいんですが」

「はあい、オートロック開けますからぁ」

寝ぼけて叫んでいる。

「あ、いや、まだ警視庁です。これから佃大橋へうかがいます」

「なに？　だったら来てから掛けてくれたらいいのにぃ」

通話は切られた。

傑は急いで出る用意をした。許可を得にいくと筆原係長の姿はなかった。単独捜査も、そもそも外回りの捜査さえも止められているので、事後承諾はまずいと思ったが、後で叱られればいいか、と公安部を出た。

通路の向こうに新入りを引き連れた組対の音無がちらと見えた。

「天野さんおはようございます」

音無が遠くから大きな声で言う。

「お独りでどこへ行くんですか」

仕方なく音無の前まで歩いていった。今日一日の始まりは良くないと思った。音無の目に険がある。

「また搔き回しに行くのか」

傑は渋谷センター街の男の写真を見せた。音無は興味がなさそうだった。

「リウの裏を追わないんですか」

「動員かけられた。ゴールデン街で刃物振り回した野郎を見つけろって」

「あれは新宿署一課の課長が」

「その刃物野郎は暴力団の準構成員だから、組対で確保しろってんだよ。くだらん」

そう言い捨てて音無は背を向けて歩いていく。新入りが、機嫌悪いでしょ、と目配せして後を追った。

傑はエレベーターで降りようと、ドアの開いたケージに飛び込んだ。刑事たちで満員だったがかろうじて隅に乗れた。ドアが閉まってから気づいた。全員が捜査一課だった。鋭い視線が傑に殺到した。友好的な視線はまったくない。傑は、おはようございますと小さくつぶやいた。今朝は最悪だなと胸中でささやく。途中の階で、刑事たちは降りて通路を足早に歩いていく。降りる時に、鋭い視線の一刺しで傑を貫いていった。

ドアが閉まり、降下する。ほっと息をつく。傑の他に一人だけ残っていた。

「おはよう天野さん」

新宿署刑事一課の芥川だった。初老のくたびれたおやじだが、あいかわらず目も表情も穏やかだった。

「おはようございます。芥川さんは行かないんですか」

「どこへ？」

「いま降りた人たちと一緒に」

芥川は、ははは、と笑った。

「私は本社と新宿の連絡係、メッセンジャー・オールド・ボーイだ」

「じゃあこれから所轄へ戻られるんですね」

ううん、とニヤニヤ笑い、

「止めた。天野君についていこう」

「いいんですか。というか、私の行くところを？」

「知りません。しかし、君の行くほうが、当たりのような気がする。うちのボスはねえ、なにせ、あんなだろ、刃物野郎を捕まえても結果はどうなんだか」

窮屈そうに肩をすくめ、

「それに単独捜査はご法度だよ。特にあなたは」

取ってつけたように言った。

3　0：30　佃大橋

えりかはキッチンテーブルの椅子にだるそうに腰掛けて、寝起きで焦点の定まらない目で写真を眺めていたが、

「あしたば、さん」

とつぶやいた。渋谷センター街でタン・シン・ヤンと会っていたかもしれない会社員風の男だ。傑は芥川とちらと見交わした。当たりだ。えりかは卓上に指で、明日葉、と書く。

「名刺もらった時に名前で盛り上がったの、あしたば、って珍しいから」

「ラウンジにはよく来ますか？」

「月に二、三回。前は仕事関係の人たちと来てたけど、最近は一人でも来るようになってた」

「初めて来たのは？」

「一年ほど前」

「何の仕事をしている人？」

ええっと、と写真の男を見つめる。

「ぐんじゅさんぎょー」

「え？」

「いつかそう言ったのよ。俺は軍需産業を支えているって。酔っぱらってて何言ってるかわからないから、皆で笑ってたんだけどね。秘密の部品を開発してるとか。ＩＴ関連らしいけど」

「勤め先の名前を覚えてますか」

首を横に振る。

「名刺はママさんが保管するから。ＩＴ業界の会社名ってどこもよく似てて区別つかないし」

芥川が穏やかな口調で訊いた。

「明日葉さんはどんな人たちと一緒に来てました？」

「たぶん、同業者、取引先の人」

「外国人は？　中国人とか」

えりかは、ううん、と考えて、首を横に振った。

「途中から一人で来るようになったし。わたしは指名されなかった」

「店に誰かお目当ての子でもできたのかな？」

「どうだったか。カウンターでママとおしゃべりしてることが多かったかな」

「ママさん？」

「レイコママ。統括マネージャーっていって、ラウンジにもまわってくるの。明日葉さんとは何だか話が合うみたいで」

芥川はにっこりしてうなずいた。

「いやあ、これはほんとに役に立つ話だ。ありがとう」

えりかのマンションを出て、傑は芥川と駅へ歩いた。芥川の目は静かで研ぎ澄まされた光を宿している。

「やっぱり天野君のほうが当たりだ」

「明日葉に目をつけたレイコとリウが話を持ちかけて、企業秘密売買の仲介をした。売り込む先は、中国のインテリジェンス組織。その工作員がタン・シン・ヤンと名乗る男だった」

「タンがなぜリウの子分に殺されたのかねえ。取引きでトラブルがあったのか」

「弟のズーハンが以前、中国のインテリジェンス組織が絡む取引きで不審死を遂げています」

「報復か？　今回、明日葉と取引きがあったとすると、それは初めから、リウがタンを引っ張り出すためのおとりだった？　三年前ズーハンの死に関係したのがタンだったとどうやって特定したのかな？　連絡先まで調べ出したというのかね。中国の秘密諜報機関の電話番号をどうやって調べた？　蛇（じゃ）の道は蛇（へび）かい」

　芥川は空を見上げ、しばらく考えて、

「タンのほうがそんなに簡単に引っ掛かるかね」

「リウは表に出ませんよ」

「素人の明日葉が直接連絡を取って段取りを組んだ？　そのほうが怪しまれるよ」

　それはないだろうと首を振る。傑は言った。

「リウに代わって仲介するダミーがいた？」

　小矢代商会の老人の怯えた顔が浮かんだ。命を狙われるから身を隠しますと言っていたのは、この件に直接深く関わっていたからだろうか。

「明日葉の情報が要りますね。名刺はレイコが持っていますよ」

「レイコの店と自宅をガサ入れできればな」

「お札（捜査令状）、出ませんか」

「所轄のうちから？」

芥川は、うーん、と唸る。

「新宿でナイフ振り回したほうなら出してもらえるだろうがねえ」

傑は地下鉄の表示を見上げた。

「名前と職業種がわかっているから、自分で捜せますよ」

「明日葉本人の安否確認、急いだほうがいい」

「はい。明日葉の関係先へ一緒にいってもらえますか」

「もちろん。親子二代と仕事するって、何かご縁だねえ」

笑いながら階段を下りる。地下鉄に乗って、傑は訊いてみた。

「うちの父と連絡を取ることはありますか」

「いや、若いとき交番勤務が一緒だっただけだから。どうかした？」

傑は苦笑した。

「昨日帰りが遅くて。久しぶりに古い知り合いと会ったみたいで。今でも警察官の頃の同僚と連絡があるのかと」

「どうだろうねえ。福澤さんじゃないの？」

「福澤さんならそう言って出ます」

「私は同期でも同教場でもないから。それに」

言いかけて、ためらい、

「もう昔話だから言うけど、君のお父さんの交番勤務が短かったのは、どうやらハムさんに引き抜かれたらしくて」

「引き抜かれた？」

若い巡査が公安に引き抜かれた。まだ顔の知られていない若い警察官がそういう道を進むのは、監視対象の組織、団体に潜入捜査をする要員となるため、という場合がある。警察官になって間もない父が潜入捜査に従事したとは、傑は聞かされていない。守秘義務は退職後も課せられるし、公安関係であれば尚更（なおさら）のことだが。

芥川は言った。

「だから私らも消息は訊きにくくて。辞めたって噂で心配したけど、空手の道場を継いだって聞いて、よかったなあって。一国一城の主だ」

うらやましいという顔でそう言った。

4　10:30　警視庁公安部

明日葉仁史（ひとし）、四十三歳。品川区にある株式会社フレームコート開発部勤務。住居は中野区本町の賃貸マンション。独身。

汎用データベースですぐにつきとめた。犯罪歴、組織犯罪関係はない。一般市民、平凡な会社員、きれいな身だ。

「まだ生きてるかねえ」

芥川が心配そうに言うので、最近の事件、事故、変死などのデータに掛けて検索してみた。ヒットしない。どうやら明日葉は今のところは元気に過ごしているようだ。

本人を任意同行させて事情聴取しようと決めた。

傑は筆原係長に報告し、明日葉を追及したいと言った。筆原は傑が外へ出るのにいい顔をしなかったが、福澤部長代理と相談した。福澤の案で、所轄の新宿署が管轄することとし、芥川の補助でなら傑も行ってよいと許した。警視庁の捜査車両で年季の入ったシルバーのスカイラインを、傑が運転した。

フレームコート本社は品川駅東側の品川インターシティにある。片側が全面ガラス張りのオフィス受付けで、明日葉を呼び出してもらうと、開発部の部長が受付けロビーに現れた。五十前後で、まぶたが眠たげに垂れた男だった。

「明日葉は、昨日今日と、体調不良で休んでおりますが、何か？」

刑事が訪ねてきたので驚いている。

「お訊きしたいことが」

芥川が耳打ちすると、部長は緊張した面持ちで応接室に通した。テーブルを挟んで座り、コーヒーを出された。

「あ、どうも。お気遣いなく」

頭を下げる芥川は、少しくたびれているベテランの刑事という風情だった。開発部長は時候の挨拶をする余裕もなく前屈みになり、

「どういうご用件でしょうか」

二人の刑事を交互に見る。

芥川は渋谷センター街の防犯カメラに映っていた明日葉の写真を示した。

「明日葉さんですか？」

「そうです。どういうことでしょう？」

「まだ状況証拠ばかりで、断定はできないんですが。この人物が、企業秘密を売り買いする人物と接触した可能性があります」

部長は、えっと声をあげ、絶句した。しばらくして気持ちを立て直し、

「いつのことですか」

「先週の木曜日の夜です。おそらく退勤後に」

「相手はどういう人物でしょう？」

「それはまだお教えできない段階でして。明日葉さんは、何か企業の営業秘密を扱う立場にありましたか」

「はい」

部長は卓上の一点を見つめて考えこんだ。顔を上げ、

「明日葉君は、ジャイロコンパスの精度を上げる部品を開発するスタッフの一人でして。その設計図やデータが洩れた可能性があります」

「軍需品だそうですね」

「転用可能です。ミサイルの航行などに」

言葉を濁し、

「社内で確認しまして、警察に相談しなければ」

「そうですね。所轄署の刑事二課にご相談ください」

「刑事さんは？　二課ではないんですか？」

「私は新宿署の刑事一課でして」

「一課というのは、殺人？　明日葉君は殺人事件に関係したんですか」

芥川は曖昧な苦笑いを浮かべる。

「とにかく、明日葉さんに会いたいので、自宅の住所や携帯電話の番号などを教えていただけますか」

部長は急いで出ていった。芥川は傑と顔を見合わせた。

「休みの連絡が入るってことは、まだ生きてるんだよ」

「誰かが成りすまして電話を掛けたりしていませんか」

「明日葉を殺してしまえばそんな偽装工作は要らんだろ」

開発部長が戻ってきて、住所や電話番号を記した紙を渡した。芥川が礼を言うと、

「明日葉君は会社にたいへんな損失を与えたかもしれません。早速調査します」

「明日葉さんから連絡があっても、警察が動いていることは知らせないでください。私らが身柄を確保するまでは」

芥川は紙を内ポケットに入れた。

5 12:00 中野区本町

中野区本町界隈は、道の細い、一戸建て住宅の密集する昔からの住宅地だが、片側二車線ずつの都道四号線に面したビルの並びにはマンションやアパートが交じっている。明日葉が暮らす賃貸マンションは、歩道に面した一階がパン屋だった。

傑は、反対車線の路肩にスカイラインを停めた。車窓越しに、明日葉の部屋のある五階を見る。後部座席の芥川も車窓を半分下ろして目を細める。

各階に、二部屋ずつ、小さなベランダとガラス張りのサッシ戸が左右対称に並んでおり、五階のサッシ戸はカーテンが閉まり、中はうかがえない。

「潜んでいるのかねえ」

「抜き打ちでドアをノックしてみましょう」

傑は車をUターンしてマンション前の路肩に停車した。パン屋の脇の奥まった建物玄関へ行った。オートロック式でガラスの自動ドアが閉まっている。管理人は常駐していないようだった。ご用の方はお電話ください、と表示があり、管理会社の電話番号が載っている。

傑と芥川は、パン屋に入り、店主に身分証を提示して、店の奥からマンションに入れないか尋ねた。店とマンションはつながっていなかったが、店主が玄関ドアの鍵を預かっていて、それで開けてくれた。

エレベーターで五階に上がると、小さなフロアーの左右に部屋のドアが向き合っていた。奥に非常階段の鉄のドアがある。明日葉の部屋は左側のドアだった。

傑はドアの前で耳を澄ませたが、内に気配はない。呼び出しボタンを押した。応答はない。芥川は、

「ケータイに掛けてみるか」

自分の携帯電話で、会社で書いてもらった電話番号に掛けた。呼び出し音を聞いていたが、録音機能に切り替わったらしく、低い声で言った。

「明日葉さん、新宿署の芥川と申します。お尋ねしたいことがあります。ご在宅でしょうか。ちょっとお邪魔させていただきたいのですが」

通話を切って、携帯を握ったままドアに向いた。

「どこかに行っちゃったかな」

傑はドアの上に小さな機材が取り付けてあるのに気づいた。

「これ、防犯カメラですよ。室内で見ているかも」

「室内のパソコンを経由して、どこか別の場所から見てるのかもしれん」

傑は自分の身分証を出した。

「このカメラに示して、もう一度ケータイに掛けてみましょう。警察だとわかれば、応じるかもしれません」

「まてまて」

芥川は傑の腕を押さえた。

「これを設置したのは、明日葉だとは限らない」

明日葉は追われていて、追っている者が仕掛けたのかもしれない。リウか、リウに従う者か。傑はカメラに背を向けてささやいた。

「声も拾われているかもしれません」

二人はエレベーターと反対側の鉄のドアを開けて非常階段の踊り場に移り、ドアを少し開けたまま管理人に頼んでフロアーを見張った。

「管理人に頼んで室内を調べますか」

「そうだな。その前に、明日葉のケータイが今どこから電波を発信しているか調べてもらおう」

芥川は階段を次の踊り場まで下りると、新宿署に通話し、声をひそめて話していたが、ドアを見張る傑のそばへ戻ってきた。

「照会中だ。ここは張り込みをする。応援を呼んだよ」

しばらく踊り場にたたずんでいると、芥川の携帯電話がバイブレーションで震えた。

「はい」

芥川はポケットから手帳とペンを出して連絡内容を書き留めた。

「了解。あ、それから、ここに着いたらパン屋の主人に玄関を開けてもらって。階段で上がってきてくれ。エレベーターだと仕掛けてある防犯カメラに映っちまう」

通話を終えると傑の耳元に口を寄せた。

「明日葉のスマホは西浅草のビジネスホテルにある。ホテル・トリニティだ」

「すぐに行きましょう」

「ここも張り込んでおかないと。応援は、じきに着くから」

ささやきあっていると、エレベーターの表示灯が一階から上がってくる。二人は非常階段のドアの陰で息をひそめた。

エレベーターのドアが開いた。男が一人乗っていた。三十歳前後、短髪、精悍な顔つき、黒のジャケットとズボン。ケージから降りずに鋭い目でフロアーと明日葉の部屋のドアを見渡す。非常階段のドアが少し開いているのに気づき、傑と目が合った。男の手が動き、エレベーターのドアが閉まる。そのまま下りていく。

「追います」

傑は階段を駆け下りた。二段飛ばしで下りていくと、三階の踊り場で、男が二人待ち構えていた。左右に並んで、傑に殴りかかってきた。春秋拳の手筋だ。傑は駆け下りる勢いに乗って、肘打ちと膝蹴りで蹴散らした。

転がり落ちる二人を避けて一階まで駆け下りた。エレベーターのドアは開いている。玄関ドアが開いたままになっていた。傑は歩道まで駆けて出た。ケージに乗っていた男がビルの角を曲がって消えるのが見えた。あとを追った。男は歩道から路地に走り込む。傑がその路地を走り抜けると、T字路で、左右に路地がのびている。人影はない。傑は右か左かと顔を振っていたが、

「あ、やられた」

来た道を駆け戻った。

マンション正面玄関のドアはまだ開いたままになっている。男たちがオートロックの自動ドアに細工したのだ。階段を駆け上がると五階から芥川が階下をのぞき見た。

「男たちが上がってきませんでしたか」

「いいや。天野君が下りていった後で、うめき声をあげながら下りていった。何者だ?」

「春秋拳の門下生、ヤングブラッドの連中です。エレベーターの男が、階段にいた仲間を逃がすために、私を外へ誘い出したようです」

「聞かれたか」

階段を足音を忍ばせて上がってきた二人が、明日葉の携帯電話の電波は西浅草のホテル・トリニティで発信されているという傑たちの会話を聞いたにちがいない。ドアにカメラを仕掛けたのが明日葉本人なら、今の騒動に気づいてホテルから逃げてくれればいいのだが。傑は言った。

「先にホテルへ行きます。車、使います」

「ここを応援に引き継いだら後を追うよ。浅草署に応援要請を掛けて西浅草のホテルを押さえておこう」

6　13:00　西浅草

緊急の点滅灯を出して西浅草へ向かった。

首都高速を走り、二十分でホテル・トリニティに着いた。直前から点滅灯を下ろして静かに近づいたが、ホテルの玄関脇に、点滅灯を載せた別の覆面パトカーが停まっていた。

浅草署の応援だ。スカイラインをその後ろに停めた。

　ホテルの玄関ロビーは狭くて薄暗い。灰色のカーペットが薄汚れた感じに見える。カウンターの中のスタッフに、私服の男が二人話しかけている。傑は近寄って身分証を示した。

「警視庁公安部の天野です」

　二人は公安と聞いて不審そうな顔になったが、

「浅草署の住吉と手塚です」

　と名乗った。

「ご苦労様です。明日葉は?」

「それらしき男が、佐竹の名前で昨日から部屋に籠っています。仕事をすると言って。しばらく連泊だそうで」

　傑はスタッフに明日葉の写真を見せた。

「はい。この方です。佐竹さまのお名前で三〇一号室にいらっしゃいます」

「合鍵をもって一緒に来てもらえますか」

　傑は二人の刑事とスタッフをつれてエレベーターに乗った。

　三階の廊下は、やはり照明が薄暗くて、クリーム色のリノリウムの床が薄汚れている。

　傑は三〇一号室のドアをノックした。応じる気配はない。スタッフに鍵を開けてもらい、ドアノブを回す。

「佐竹さん」

チェーン錠は掛かっていない。ドアを開けて三人で入っていった。

ベッドルームにバストイレ付きの手狭なシングルルーム。無人だった。シーツは乱れ、体臭と整髪料の匂い、ジャンクフードの臭いが混じっている。サイドテーブルの上や、ゴミ箱、その周囲に、コンビニ弁当の容器、ペットボトルなどが無造作に置いてある。ガチャポンの球形のプラスチック容器が幾つも転がっている。逃避生活でもそういうものを買うゆとりがあったのだ。バスルームには、濡れたタオルや使い捨ての髭剃り、ハブラシなどが捨て置かれている。

「ついさっきまで居たな」

住吉が言った。手塚が、恐る恐るのぞきこむスタッフに訊いた。

「荷物か何か、フロントで預かっている物は？」

「いえ。リュックサックをひとつ持ってチェックインなさいました」

傑は室内を探したが荷物は何も残っていなかった。窓はわずかな隙間しか開かない造りだ。住吉は苦い顔になった。

「逃げやがった」

手塚はスタッフに言った。

「チェックアウトせずに玄関から荷物を持って出ていけますか？」

「無理だと思います」

「玄関以外の出口は？　非常階段とか？」

「非常階段も外へ出る一階のドアは施錠していますので、ロビーを通るしかないです」

傑は廊下に出てみた。突き当りの天井に防犯カメラが備えてある。

「録画画像を確かめれば、いつ出ていったかわかりますね？」

一階のスタッフルームに下り、三階廊下のカメラ映像を再生した。三〇一号室のドアが開き、紺のジャケットにベージュのズボン、黒いリュックサックを提げた男が辺りを見まわしながら出て、非常階段のドアを開けて消えた。明日葉だった。ドアが閉まった直後、エレベーターが上がってきて、傑たちが廊下に降りた。

「まだこの辺りにいますよ」

傑はロビーに飛び出した。

そばのドアが開いて住吉が顔を出す。

「非常階段の出口のドアの錠が壊されています」

傑は非常階段のドアから外へ出た。

人けのない道路を見渡す。民家、アパート、町工場、美容室。交差点まで走った。四方を見渡しても街路が延びているだけで明日葉らしき人物はいない。

逃げるとすれば、地下鉄か、バスか、タクシーか。見上げると高層の浅草ビューホテルに出た。国際通りだ。横断歩道を渡れば浅草の繁華街で、人の流れも多い。

通りの向かい側、右手に、地下鉄駅への降り口がある。黒いリュックサックが動いていく。ジャケットを着た、背を丸めた男。黒いキャップを被っている。傑は赤信号を見た。まだ青に変わりそうにない。あの男が地下鉄に乗ろうとしているのなら、こちら側の階段から駆け下りれば追いつける。傑は男の姿を目で追う。男は足を止めて周囲を見まわした。車の行き交う通りを挟んで、傑と目が合った。明日葉だ。明日葉は傑を認めて、ぎくりとなった。自宅に備えたカメラの中継で傑を見ていたに違いない。明日葉は、きびすを返して、ビルとビルの間の路地へ駆け込んだ。

背後から住吉と手塚が走ってきた。傑は、明日葉が消えた路地を指さした。

「こっちに気がついて、あそこへ逃げ込んでいきました」

信号が青になった。三人は路地の入り口に走った。飲食店やマッサージサロンが雑多に並び、往来する人も多い。傑は人を避けて駆け、住吉と手塚は店に隠れていないか、のぞきながら進んだ。

繁華街に入り、花やしきの前で四方を見た。明日葉らしき人影は見えない。住吉と手塚が追いつき、首を横に振る。三人で途方に暮れて周囲を眺めた。傑は、花やしきの前に立つ警備員に、身分証を示し、明日葉の写真を見せた。

「この男を見ませんでしたか。黒いキャップに、黒いリュックサック、ジャケットを着ています」

警備員の老人は、ああ、とつぶやき、浅草寺のほうを指し示した。

「あそこだよ」

街路を行き来する人にそれらしい姿はない。老人は言った。

「ここで客待ちしてた人力車に、よく似た男が乗って。ほら、あそこ」

観光客向けの人力車の黒い背もたれが小さく遠ざかっていく。傑と住吉は走ってあとを追い、手塚はスマートフォンで応援を求めた。境内の手前で人力車が停まり、明日葉が降りると本堂のほうへ逃げていく。外国人の団体をかき分けて人ごみに紛れてしまった。傑はようやく境内に走り込み、明日葉を捜した。

ジョン・レノンが『スタンド・バイ・ミー』を歌う。

「天野君どこだ?」

芥川だ。

「浅草寺の本堂です。明日葉はこの辺りにいます」

「車を浅草寺の東側に回す。上手くいけば挟みうちにできる」

傑は、本堂の前から宝蔵門へ、石畳の参道を進んだ。祈禱申込所の建物の裏手に、警備派出所から若い制服巡査が二人駆けてくる。住吉が手を振った。

「四十代男性、小太り、黒いリュックサックに紺のジャケット。明日葉という名前だ」

住吉に言われて、巡査は顔を見合わせた。見たよな、と目で確かめあっている。自分たちの来たほうを振り返り、一人が、東側へ出る朱塗りの二天門を指さした。

「おそらくあっちへ」

「確保だ」

住吉が叱咤する。傑は駆けだす巡査たちの先頭に立った。

二天門を抜けて消防署前の道に出る。その先の、広い道路との交差点の角に、明日葉がリュックサックを提げたまま立って、スマートフォンを耳に当てている。横断歩道の信号は赤だ。傑は走っていった。

交差点の右手から一台の車が曲がってきた。速度を落とさずに迫ってくる。周りから悲鳴があがる。傑を轢く勢いで突っ込んできた。黒のシーマ。運転席の男の酷薄な目の光がこちらをとらえている。傑はボンネットに身を預けた。急ブレーキが掛かり、背中がフロントガラスに打ちつけられ、飛ばされて路上を転がった。車がバックする。明日葉が男に腕をつかまれて後部座席に引き込まれるのが見えた。車はバックで急発進し、信号が変わって車の往来が途切れた交差点に出ると、ハンドルを切って南向き車線を元来た方角へ走り去っていく。

傑は住吉に助け起こされて交差点に走り出た。路面で打った腰が痛い。

緊急用ランプを回転させサイレンを鳴らしたシルバーのスカイラインが、信号待ちで停まっている車列を左右に分けながら北から交差点に入ってくる。傑の横に停まると、芥川が運転席から降り、助手席に移った。

「若い者に任せるよ」

傑は運転席についてシートベルトを締めた。腰から背筋が突っ張るように痛んだ。住吉と巡査たちが歩道にいる。傑が窓を下ろすと、住吉は、先に行け、と腕を振る。

「パトカーで追いますから」

傑はアクセルを踏み込んだ。

7　13：30　浅草

黒いシーマは東武浅草駅前で横断歩道の人々を逃げ惑わせて吾妻(あづま)橋を疾走する。傑は少しずつ間を詰めていった。芥川は、左手で窓の上の把手を握りしめる。

「安全第一で頼むよ」

後方からパトカーが追い上げてきた。

芥川が訊いた。

「明日葉は拉致されたのか？」

「引っ張りこまれたように見えましたが」

「車のやつらは何者だ。交差点で明日葉を見つけるなんてタイミングが良過ぎないか？」

黒のシーマは橋を渡ると東詰めの交差点を左折した。敷地の下のアンダーパスを潜っていく。カーブを抜け交差点に行き当たって速度が落ちた。傑はその後尾に追突しそうな勢いで接近した。シーマの後部座席に二人の男が座っている。首を巡らせてこちらを見ているのは明日葉だった。シーマが赤信号を無視して左折したのでその頭は右に倒れた。交差点に入った車がクラクションを鳴らし急ブレーキを掛ける。傑の前を塞ぐかたちで停まった。

「退がってください」

マイクで言い、傑はハンドルを左に切った。

シーマは東武鉄道の高架線路を潜り、右折して、高架と公園の間の狭い道を飛ばす。迫っていくと、急ブレーキを掛けた。傑はブレーキを踏み高架の柱に接触しそうになってハンドルを必死で操った。シーマは左折して公園沿いの道を駆け抜ける。子供たちが道端へ逃げ込むのが見えた。国道に出ると左折して、言問橋（ことといばし）を西へ渡っていく。傑の後をパトカーが二台追尾してくる。

「元のホテルのほうへ戻っていくじゃないか」

芥川が前方の対岸を見やった。

「そうですね。橋を渡ると浅草です」

「何やってるんだこいつら。どうせ逃げ切れないのに。何を考えてる？」

傑は隅田川に視線を投げた。

「見張っていましたね」

「誰が？」

「そんな気がしただけですが。明日葉を見つけた国際通りの歩道、浅草寺の境内、あの車が現れた交差点、さっきの公園。似たような目つきの男たちが立っていて、シーマが来たら周囲を見まわしていました」

「そうかね？　明日葉のアパートに来た連中か？」

シーマは言問橋を渡りきって直進する。赤信号を無視して交差点を通過する腕前はプロのドライバーかと思える。国際通りとの交差点まで戻ってきた。交差点を突っ切ろうとするところへ、左からパトカーが飛び出して行く手をさえぎった。シーマは右へ避け、他の車を巧みにすり抜けて直進する。

細い道に左折し、ホテル・トリニティの手前で、交差路から出たパトカーに塞がれた。道幅が狭いので、もう進めない。傑はスカイラインを後ろにつけた。続いて後続のパトカーが数台。交差点の左右からもパトカーが鼻先を突き出す。巡査たちが降りてシーマを取り巻いた。傑と芥川も路上に出た。芥川は、ふう、と安堵の溜め息を洩らしている。

降りろ、と言われて、運転手、後部座席の男と、明日葉が出てきた。抵抗するようすもなく、近寄る住吉と手塚を見ている。

「道路交通法違反と公務執行妨害の現行犯で逮捕する」

手錠を掛けられた三人は、パトカー一台ずつに分けて押し込まれ、連行されていく。黒のシーマも巡査が運転してその後に続いた。

傑は周囲を見た。路上に野次馬が集まり、建物の窓から見下ろしたりスマートフォンを向けたりする者もいる。気になる目つきの者は見当たらなかった。芥川が言った。

「私らもついていこう」

暴走行為をした男たちは所轄の浅草署で事情聴取を受けることになる。明日葉も経緯の説明を求められ、詰次第では男たちの仲間として同じ罪に問われることになるだろう。どうなるにせよ、取り調べの後、ピークデンキの件で芥川は明日葉の身柄を譲り受けて新宿署に移さなければならない。

新宿署の刑事一課長は、新宿ゴールデン街の刃物男の線を推しているので、明日葉は新宿署より警視庁本庁で尋問するほうがいいかもしれない。傑はそう考えたが、芥川は淡々とした横顔でスカイラインに戻っていった。

8　14：30　浅草署

浅草署の隣りは公園で、大人たちが幼い子供を遊ばせている。

窓際に立って平和な光景を見下ろしていると、腹が鳴った。芥川がポケットから出した板チョコを割って差し出した。

「ほら」

「あ、いいんですか。ありがとうございます」

「昼飯を食いっぱぐれることがあるんでね。こんなのを持ち歩いてるんだ。腹は膨れないけど」

チョコレートの甘味に疲れが少し回復した気分になるが、空腹感はかえって強くなった。

芥川が訊いた。

「腰は？」

「はい、大丈夫です」

シーマに撥ねられた時の痛みはまだ背中に残っている。痣ができていそうだった。横浜の漁港で殴られた頭も、時折りズキンと痛む。この事案を追いはじめてから満身創痍だと思った。

住吉が呼びにきた。狭い部屋に入ると、隣りの取調室を観るために境の壁にマジックミラーが取り付けてある。

取調室のテーブルに、黒のシーマを運転していた三十歳前後の男が座り、交通課の私服の刑事が尋問している。丸首の麻のシャツ、ジーンズにスニーカー。髪を銀色に染めて、無精髭をうっすらと生やし、目にふてぶてしい光を宿している。

手塚が芥川に言った。

「闇の仕事サイトで見つけた小遣い稼ぎだと言ってます」

傑は手塚の隣りに立った。

「小遣い稼ぎって何ですか？」

「公道タイムレースのレーサーだそうです」

壁のスピーカーから男の声が聞こえる。

「浅草寺東側の二天門前交差点で乗せて、指示されたルートを回って、ホテル・トリニティの前まで行く。計測員が乗ってからホテル前で降りるまでの時間が短ければ短いほどボーナスがつくって言うんだよ」

尋問する刑事が首を傾げ、

「計測員？」

「あのおっちゃんだろ、交差点で乗ってきた。スマホのストップウォッチ機能で計ってたけど、ちゃんと計れたのかな」

「計測員の名前は？」

「知らねえよ。あそこで初めて会ったし」

「計測員を後部座席に無理矢理引きずり込んだのか」

「無理矢理じゃねえし。早く乗ってくれって引っ張ったかもしれないけど」

「公道を暴走しつづけるのは重大な交通違反だろうが。パトカーに追われてどうして停まらなかった？」

「一台ぐらいなら振り切っちまうんだけどな。あのおっちゃんが、途中棄権はすごい罰金取られるって泣きつくから。あっちこっちから、あんなにいっぱいのパトカーが湧いてきて、訳わかんねえ」

「計測員が罰金取られるなんておかしいじゃないか。主催者なのか参加者なのか。おかしいと思わなかったのか」

「言われてみればそうだな」

　手塚がクリップホルダーに留めたファックス用紙を傑に渡す。千葉県警からの写真付きデータだった。

　車に乗っていた二人は、船橋の暴走族、走り屋と呼ばれる不良あがりの半グレで、粗暴犯の前歴がある。黒のシーマは運転手の男の所有車だった。

「あれ全部、嘘ですよね、公道レース」

手塚は腹を立てている。後ろに立つ住吉が言った。

「道路交通法違反で処罰されても、後で充分な報酬がもらえるんだろう。ネットで見つけた仕事っていうのは本当かもしれんが」

「裏の事情も知らされずに使い捨てられる手合いですよ」

傑は訊いた。

「明日葉はどうしています？」

手塚は目でどこか別の場所を示した。

「留置場です。シーマの二人を固めてから、と考えて」

「では今、明日葉と話してもいいですか。短時間でいいので」

住吉と手塚はひそひそと相談し、

「こっちです」

住吉が部屋の外へ促した。

9　15：00　浅草署

傑と芥川は署内の留置所に案内された。

鉄のドアの上部に格子の入ったのぞき窓がある。狭い室内には、簡易ベッドとトイレ、水道と洗面台があり、窓はなかった。

簡易ベッドに腰掛けていた明日葉は、入ってきた三人を見上げた。細めた目には、小狡い油断のない光があるが、慣れない状況に陥って怯えている色がうかがえる。傑は前に立った。

「明日葉さんですね」

小さくうなずいた。

「我々がホテル・トリニティに来ると知って逃走しましたね」

「は？」

何のことだかわからないというふうに見返してくる。傑が黙って見下ろしていると、視線を外した。

「いや、約束の時刻に遅れそうになったので、ホテルを急いで出ました」

「何の約束ですか」

「何、というか、その、まあ、ゲームとでもいいますか」

「フロントでチェックアウトせずに、非常階段の出口のドア鍵を壊したのも、ゲームの一環ですか」

「いや、あれは、あなたたちが、ゲームを取り締まりに来たと思ったので」

「やっぱり来ると知っていたんじゃないですか。自宅のドアにカメラを設置して見張っていましたね」

「え？　何ですかそれは」

「あなたのスマホかモバイルを調べればわかることです」

明日葉は馬鹿にしたように、

「じゃあ調べてください」

と言った。ホテルを出る前に履歴かアプリケーションソフトそのものかを消したのだろうか。

芥川が一片の紙を広げて見せた。ピークデンキの死体の顔写真だった。目の前に突きつけられたものに目を落として、明日葉は顔色を変えた。芥川は言った。

「先週木曜日の夜、あなたが渋谷センター街で会ったこの人物は、日曜日の朝に死んだ」

明日葉は首を横に振る。

「知りません。会ったこともない」

「殺されました」

「いや、だから、知らない人ですから。誰なんですか、そもそも」

芥川は答えずに明日葉を見下ろした。視線を注がれて明日葉はそわそわしたが、ドアのそばにいる住吉に言った。

「暴走行為で捕まったのに、どうしてこんなに意味のわからないことばかり訊かれるんです？　理不尽です。別件逮捕とかいうやつですか。それなら弁護士をお願いします。黙秘しますから」

口を閉ざしてしまった。この男の言うことも全部嘘か。思いのほか手ごわいとわかったので、これ以上こちらの手の内を見せるのは止めにして、傑は通路に出た。

児童公園を見下ろす刑事部屋に戻り、芥川とこの後を話し合った。

「本庁へ移してじっくりと落とすか」

芥川は渋い顔だった。明日葉は暴走行為の話で時間稼ぎをして、自宅を出た事情やピークデンキ関連の話を先延ばしするだろう。レイコやリウとの関係に話がたどりつくまでに時間が過ぎてしまうに違いない。捜査全体が膠着する危険がある。傑は、地上で子供たちが追いかけっこするのを眺めた。

「明日葉が突破口になると思ったんですが」

「かもしれんが時間が掛かりそうだ」

「浅草のあちこちにいた男たちは何だったのかな」

「私は気づかなかった」

「明日葉の自宅アパートに来た三人組は、リウの手下みたいでした」

「私らが警察だと見て逃げていったようだね」

「明日葉を拉致しに来たんじゃなくて、明日葉のところへ来た者たちを捕まえにきたら、警察だったので、逃げ出した、ということでしょうか」

芥川は首を傾げた。

「どうなんだか。わからんね」

傑は次の一手を考えた。

「シーマの男たちを観察しますか。二、三日はここに入っているかな」

「やつらをここに泊まらせないように手を打てばいい」

「現行犯逮捕ですよ。初犯でもないし」

「暴走行為、危険運転、公務執行妨害。お騒がせ野郎どもだが、日帰りで保釈できる。どの署も、泊まりの部屋が足りないし。本庁から根回しすれば何とかなる」

「してもらいます。ここを出てからどこへ行くのか確かめます」

「私は明日葉の相手をしよう」

明日葉はリウに利用されたただのダミーかもしれないが、頭の切れる食わせ者のようだ。シーマの男たちのほうが、行動を監視すれば、穴が見つかりそうだった。傑は芥川と別れて窓際を離れた。

10　18:00　深川

シーマを運転していたのは、東浜、手伝っていたのは、鴨野といった。勾留請求なしの在宅事件扱いで夕方の六時には二人揃って浅草署を後にした。泊まらなくてもいいのか、と本人たちが一番驚いていたが、たそがれどきの街路を東へ歩きだすと、足を速めた。

頭髪もジャンパーも銀色の東浜は、煙草と銀色のライターを出した。二人で吸いながら歩きつづけ、東浜はスマートフォンで通話を始めた。

馬道通りを東へ渡り、赤く火が点いた煙草を道端に投げ捨てて、ビルの並ぶ歩道を進んでいく。

東浜たちの歩いていくほうから、ライトを点けた車が来て、路肩に寄って停まった。黒い大型のワンボックスカーだった。スライド式のドアが開き、二人が乗り込むと、車は左折を繰り返して細い道を抜け、二人を拾った道路に戻ると、交差点を右折し、車がやって来た東のほうへ戻っていく。

傑は、警視庁へ帰って乗り換えてきたマークXのGPS追尾システムのマップを見ながら尾けはじめた。

公安部から持ってきた電波発信のチップを、浅草署で東浜の財布の縫い目に挿し込んでおいた。

ワンボックスカーは深川へ入った。

首都高速のシルエットが見える街なかに、一階がシャッターガレージ、二階三階が居住部分という箱型の倉庫が並んでいる。

狭い通りに街灯は少なく、どのシャッターも下りたままで、さびれた眺めだった。

車はその一軒の前に停まる。助手席から男が降りてシャッターを押し上げ、バックで入るのを誘導する。シャッターが下ろされると、暗い街路に人影はなかった。

傑はゆっくりとその前を通り過ぎながらマップ上にマーキングし、データを公安部へ転送した。二十メートルほど行き過ぎて、路肩に停車し、ライトを消す。東浜たちが入った建物をバックミラーで監視した。

何も起こらない。降りて接近しようかと考えていると、スマートフォンが『スタンド・バイ・ミー』を歌いだした。

「音無だ」

組対二課の音無だ。

「さっき天野がマーキングした場所だが。そこで何やってんだ?」

「監視です。東浜たちが、迎えにきた男たちと入りました」

「東浜?」

「タン・シン・ヤンと渋谷センター街で接触した疑いのある明日葉と、今日浅草で暴走行為をした男です」

「暴走行為？　何だ？　共有フォルダに入ってないぞ」

「報告書を書く時間がありません。どうして電話をくれたんですか？」

「その場所は、うちら二課が定期的に監視しているポイントだ。チャイニーズ半グレのヤングブラッドがブツを動かす時に中継基地に使ってるらしい」

「東浜を迎えにきた黒のワンボックスカーのプレートナンバーを調べてもらえませんか」

傑はプレートナンバーを告げた。音無は言った。

「何人入った？」

「運転手ともう一人。東浜と、鴨野という連れ。合計四人です」

「中にも何人かいるだろうな。応援に行く。とりあえず全員引っ張ろう」

「あの、静かにきてもらえませんか。東浜に逃げられたくないので」

「了解。あ、ナンバー照会、来た。やっぱりヤングブラッドの構成員の所有車だ。すぐ行く。待っててくれ」

通話が切れると、傑は、バックミラーを見た。東浜たちとヤングブラッドのメンバーが一緒にいるところを押さえたら明日葉とリウのつながりを立証することができる。チョウとウーの死で途切れた糸がまた結ばれてピークデンキの事件とリウ・ユーシェンがつながるのだ。

後方から車のライトが街路に入ってきた。音無たちにしては早過ぎる。傑は座席の陰で小さくなった。

東浜たちの入ったガレージ前に路上駐車してライトを消した。白い高級車。「愛蓮」のレイコが自宅マンションから出勤する時に乗った車だ。男が一人降りる。春秋拳の道場に傑をつれていったチャオだった。チャオがシャッター脇の鉄のドアのブザーを押す。車の後部座席から、女が降り立った。レイコだ。鉄のドアが開いて、チャオとレイコは招き入れられた。洩れ出た灯りが二人を照らした。

傑はスマートフォンで音無を呼んだ。

「音無さん、あと何分で着きますか?」

「あと十分で。どうした?」

「『愛蓮』のレイコがチャオという運転手をつれて入っていきました。用事が短時間で済めば、皆出てしまいます。先行して踏み込みます」

「了解。がんばれ不敗君」

傑は車を降りてシャッターガレージの連なる軒下を進んだ。

レイコが入ったドアの周囲に監視カメラがないのを確かめ、ノブをそっと回そうとした。施錠されている。耳を寄せて中の気配を探る。

二階の窓にはアルミサッシの雨戸が下ろされているが、隙間に灯りが見える。

ガレージのシャッター前に移り、中が静かなのを確かめた。シャッターの下に指を入れて持ち上げると隙間ができた。施錠していない。傑は街路を見渡し、隙間を三十センチほど開けると、転がって入った。

ガレージ内の電灯は点いており、人はいない。音無たちが来たらわかるように隙間は開けたままにして、壁のドアを開けた。そこは街路に面した鉄のドアの内側だった。ドアから右へ急な階段がまっすぐに延びていく。二階の扉の磨り硝子（ガラス）から灯りがさしている。三階は真っ暗だった。

傑は階段を上がりはじめたが、違和感を覚えて足を止めた。

二階に、少なくとも六人はいるはずなのに、人声も物音もないのだ。レイコのよく通る声がここまで届かないはずがない。

次の段に足を掛けた時、小さな物音が二階から届いた。

気配を消して耳を澄ます。違和感が、寒気に変わる。危険を感じる寒気だ。腕に鳥肌が立つ。殺気のような緊迫感が、神経をひりひりと刺激する。二階からだ。傑は階上を見ながら音を立てずに後退し、後ろ手で手探りして街路へ出る鉄ドアのロックを解いた。

二階の磨り硝子から洩れる灯りが消えた。階段の上も下も闇に包まれた。二階の扉の開く音がする。傑は素早くノブを回し外へ出て鉄ドアの後ろに逃れた。二階で銃火が光り、ドアがガン、ガン、と衝撃で響いた。街路に入ってきたパトカーのライトがドアを照らし、階段と、二階に立つ男をぼんやりと浮かびあがらせた。

その男はもう撃ってこない。弾が切れたのか。傑はドアを開けた隙間へ手を伸ばして壁のスイッチを押した。階段の天井に灯りがともる。男が照らし出された。

黒いキャップに黒のパーカーとズボン。スニーカーも黒い。すらりとした筋肉質の体形、手足が長く、顔は二十代半ばの美しい青年だった。片耳に白いワイヤレスイヤホンをつけている。銃身の長い拳銃を右手に握っていた。次の瞬間、きびすを返して、パトカーの点滅灯が差し込む階段を駆け上がり、三階のドアを開けて飛び込んだ。

傑は動けなかった。三階から撃ってくる恐れもある。だが、動けないのは、驚愕して固まってしまったからだった。

闇に浮かび上がったのは、現場写真で何度も見慣れた顔の男だった。ピークデンキのトイレで日曜日の朝、喉を掻き切られて死んでいた青年に違いなかった。

11　20：00　深川

音無が組対二課の刑事たちと制服巡査の一団をひきつれて乗り込んできた。

二階の二十畳ほどの板の間には、机や椅子、長机などが幾つか置かれていた。ワンボックスカーに乗っていた二人、東浜と鴨野、ここで留守番をしていたらしい若者が一人、最後に入ったレイコとチャオ。合計七人が床に倒れていた。全員、頭部か心臓を撃ち抜かれて即死の状態だった。レイコは扉に近い場所で前のめりに倒れていた。後頭部を至近距離から撃たれ、背中を蹴飛ばされたのだろう。額に大きな穴が開いて、血と脳髄が飛び散った床に顔を埋めていた。チャオは逆に、額に撃ち込まれた弾が後頭部を吹き飛ばして抜け、血の海に大の字に倒れて天井をにらんでいた。

犯人が逃げ込んだ三階は、壊れたテーブルや棚などが雑然と積まれた物置きで、既に人はいなかった。

街路から見て裏手になる壁の窓が開いていた。裏手の家屋と背中合わせになった外壁に、何らかの形跡はなかったが、コンクリートの平らな屋上に、簡易式の縄梯子が引き揚げてあり、そこからなら屋上伝いに左右どちら側の倉庫へでも逃げられるのはあきらかだった。

マスコミに気づかれないように警視庁から現場鑑識班が送り込まれてきた。日曜日のピークデンキから始まって、五日間でこれで十一名の死者が出た。警視庁全体を呑み込んで大きな事案と化してしまった。

傑は現場検証に加わり、警視庁に戻る前に、新宿署の死体置き場へ回り道をした。

ピークデンキの死体は引き取り手のないまま冷凍保存されていた。傑は肌が真っ白になった死体を確かめた。倉庫の二階でレイコたちを襲撃したのは、傑の目の前で五日間凍っている青年に間違いなかった。

瓜二つの男がいた。双子か、整形か、クローンか。

冷静に考えればいいのだが、衝撃が強過ぎた。混乱して、自分の見たことを整理できなかった。思考停止してしまったようで、自分は心理カウンセラーか心療内科医のところへ行くほうがいいのではないかと思えた。

新宿署の一階で、自動販売機のホットコーヒーを手にしてそばの長椅子に腰を落とした。

「どうだい」

顔を上げると芥川がのぞきこんでいた。

「聞いたよ。おかしなものを見たもんだね」

「はあ」

傑が戸惑っていると、芥川はこっくりとうなずいた。

「おかげさまで、七人殺されたと聞いて、明日葉がずいぶんと素直になってね。包み隠さずに、協力的に、供述してくれた」

芥川に手招きされて、人のいない小部屋に入った。

「明日葉は、レイコに紹介されたリウ・ユーシェンから、会社のデータを密売する話を持ち掛けられて、渋谷センター街の路上で、データをコピーしたUSBをあのイケメンに手渡したそうだ」

「明日葉は日曜日の朝ピークデンキへ行ったんですか」

「本人が言うには、行っていない。データは二本のUSBに分けてコピーした。木曜日に渋谷センター街で明日葉が一本渡し、相手がその中身を確かめて、信用できるとなったら、日曜日に、残りの一本を、ピークデンキでリウ側の別の人物が渡して、その時に現金と引き換えるという話だった」

「ピークデンキにもう一本のUSBを持っていったのは？」

「明日葉は誰が行ったか聞かされていないらしい。これまでにわかっていることをつなぎあわせれば、おそらく、チョウとウーがピークデンキへ行って」

床の下の死体安置室のほうを親指で示し、

「USBを渡す代わりにナイフで喉を掻き切った」

傑は紙コップを左右に揺らしてうなずいた。

「やはり報復ですね。三年前に神戸でリウ・ズーハンが殺されたことへの」

「そうだな。弟の仇(かたき)を討ったつもりが、敵は一人じゃなかった。仲間はまだ別にいた。天野君の話ではクローン人間が存在している。そいつが川崎でチョウとウーを射殺した。報復の連鎖だ。あ、それと、明日葉はリウに言われて、日曜の朝に、ピークデンキの防犯システムに侵入して防犯カメラを操作している。サイバー攻撃の方法やシステムの仕様書はリウが用意したそうだ。リウはどうやって手に入れたのかな」

「明日葉はピークデンキの事件を知って、怯えて自宅から姿を隠したんですか」

「しばらくのあいだホテルに隠れようと考えた。ところがレイコに脅されて、浅草で暴走行為をしたんだとか。何のためだか本人は知らないらしい。明日葉は全容を知らない。けっきょく使い捨ての駒だね、金も貰えずに」

「レイコは、明日葉に浅草で目立つことをさせて、追ってくる射殺犯を逆におびきだそうとしたんでしょうか。明日葉は自分のアパートにカメラを仕掛けて、我々が訪れると、レイコに知らせた。射殺犯だと考えた手下たちが駆けつけたが、警官だと気づいて退散した」

「浅草で明日葉は動く標的をやらされたんだ。だが残念ながら相手のほうが一枚上手だった。公道タイムレースはレイコの筋書きかね。馬鹿馬鹿しい。若い連中であんな派手な騒ぎを起こすのは、目立つばかりで、敵さんは出て来ないさ」

「相手はプロですか」

「そのようだね。何のプロだかわからんが。訓練も場数も相当に踏んだ人物だ」

傑は、階段上の男が耳にワイヤレスのイヤホンを挿していたのを思い出した。

「チームで動いていますよ」

「こいつは、本庁公安のソトニ辺りで本腰を入れて対処してもらわないと太刀打ちできんよ」

傑はコーヒーの残りを飲み干して紙コップを握り潰した。芥川が気の毒そうな目を向けてくるのも気にしていられないほど気持ちが疲れている。レイコの自宅を訪ねた時のことがよみがえる。リウ・ユーシェンの話題になると、レイコの瞳に光が揺れたようだった。夫を亡くしたレイコと妻子を亡くしたリウが、大切な人を喪った者同士、絆を深くしていると感じたものだった。

リウ・ユーシェンのいかつい顔と冷厳とした瞳が脳裡に浮かぶ。弟に留まらず、レイコ、チャオまで殺されて、どんな行動に出るだろうか。音無は緊急配備でリウを確保すると言っていた。おとなしく警察の言いなりになるとは思えないが。

「本庁に戻って、報告書書きます」

「ご苦労さん」

「必ずリウを確保します」

Ⅵ　金曜日

1　金曜日　7：00　西荻窪

西荻窪の自宅アパートに帰ったのは翌朝だった。一階玄関で、おはようございます、と挨拶をしてすれ違ったのは、先週末に児童公園で町内会の掃除をした三十代半ばの母親と小学生の男の子だった。出勤と登校で一緒に出ていくところだ。

「キャプテン・ニンジャのお兄ちゃん」

男の子は元気よく声を掛けたが、くたびれたようすで、

「おはよう。いってらっしゃい」

と返す傑を、母親は、朝帰りなのか夜勤明けなのか、たいへんそうですね、という目で見て過ぎた。

自宅のドアを開け、靴も揃えずに台所へ入ると、冷蔵庫を開けて空っぽな中から卵が残

っているのを見つけて取った。食パンを焼きながら、スクランブルエッグを作った。卵を焼く匂いが広がる。腹が鳴る。焼けた食パンに乗せ、皿を食卓に置く。着替えもしていないのに気づいて、ジャケットを脱いだ。土と埃で汚れ、肘のところが裂けていた。背中と腰が痛い。頭にも鈍痛が残っている。食べてひと休みしたら職場に戻るつもりだった。替えのジャケットがない。途中で紳士服の量販店に立ち寄るとすれば、ここでひと休みする時間はない。食べたらすぐにシャワーだ、と決め、熱い卵にかぶりつく。

自宅待機しろ、と筆原に言われて退庁した。川崎で三人、今度は深川で七人が殺された。事案の重要な関係者も含まれていた。他の部署の捜査員は、傑の行く先々で死が吹き荒れ事態が混乱すると思っている。筆原は、非番の日に勝手に出歩くのはもうやめろ、と言った。傑を守るつもりなのだろう。傑にすれば、こうなったうえは、後戻りも様子見もない。リウに食らいつくだけだ。のんびりと自宅待機するなどありえない。リウの動向がわかればおまえにも連絡するから、と言う筆原に、お願いしますと頭を下げたが、家でじっとしている気はなかった。

『スタンド・バイ・ミー』が鳴った。飲むものを出していなかったと気づき、むせながらスマートフォンを取る。「母」だ。

「朝早くからごめんね、これから出勤？」

「いま帰ってきたんだ」

「そう。あのね、父さん、そっちへ行ってない?」

「え、また?」

「ええ」

「昨日から?」

「そうなのよ。今度はひと晩」

母の声には、怒りがあるが、心配、不安の響きのほうが強かった。無断外泊。父がこんなことをしたのはおそらく初めてだ。

「ケータイは? また家に置いていってる?」

「ええ。掛けてみたらここで鳴っちゃってた」

放っておけばそのうち帰ってくるよ、と言ってもいいのだが、傑の胸中にも不安が湧いてくる。

「そっちへ見に行くよ」

「いいわよ、傑、これから寝るんでしょ。休んでちょうだい」

「職場へ戻るけど、そっちへ寄ってから行くよ」

通話を切ると、立ってコップに水道水を注ぎ、一気に飲み干した。

「オヤジ何やってんだよ」

初老の不良デビューか。老人性の徘徊が始まったのか。五十代では、まだそれはないか。

新しいジャケットを買うのはあきらめて、実家へ。卵とパンを食べながら服を脱いで浴室へ入った。

2 8:00 三鷹

ジャケットの代わりに薄手のジャンパーを羽織り、電車で三鷹の実家に向かった。朝の八時。通勤客と学生で混んでいる。シャワーで腰と背中のこわばりがほぐれると眠くて仕方がない。電車に揺られ、立ったまま、うたた寝をした。

道場の玄関を欠伸をしながら入った。

母の郁江は仕事に行く用意を済ませて台所で待っていた。傑がテーブルにつくとインスタントコーヒーを淹れて出し、自分は向かい合わせに座った。

「父さんは何も言わないで出たの?」

郁江はうなずいた。

「昨日、練習生が帰ってから、ちょっと出てくるって言って。夜の九時過ぎに。ジャージに、小銭入れを持ってた程度だから、散歩ついでにコンビニに寄ってくるのかと思ってたら」

「前に夜遅かった時は誰のところへ行ってたの?」

「訊くタイミング外してまだ訊けてないの」

傑はコーヒーを啜った。

「どこで何やってんだか」

「車に、はねられたとか」

「事故や事件に巻き込まれたらもっと早く連絡がくるよ」

「帰ってきたら、ほんとに叱らなくちゃね」

傑が来たので少しホッとしたのだろう、

「さてと」

立ち上がった。

「仕事に行かないと。あんたも出勤でしょ」

「少しだけ留守番しておくよ」

「道場の表玄関は閉めて、こっちの勝手口から出てちょうだい」

郁江が台所の勝手口から出ていくと、傑は、コーヒーを飲んでぼんやりしていたが、ふと思い出した顔で、カップを流しに置き、二階へ上がっていった。

気になっていた。月曜日だったか、父は二階の物置部屋で押入れの襖を開けて、古いアルバムに見入っていた。あれは何を見ていたのだろう。父が家を空けるようになったのはその後ではないか。

二階の部屋で、押入れの襖を開けると、上段に三段ボックスを置いて、アルバムを並べてある。最近はデジタル画像をＵＳＢやパソコンに保存するが、傑が子供の頃は印画紙の写真をアルバムに整理していた。何冊も並んでいるのは、父や母が子供の頃のアルバムもここに保管してあるからだ。

あの時、父はどのアルバムを開いていたのか。傑は、記憶をたどり、これだったのでは、と一冊を抜き出した。

厚い台紙に写真を乗せ、上から透明なビニールシートで押さえるタイプのアルバムだった。傑が小学校に上がる前の幼い頃の家族写真が整理されている。父も母も三十歳前後で、傑より二つ上の兄の肇（はじめ）は小学校低学年、なずなはまだ赤ん坊。若かった家族が遊園地や祭り、運動会、空手の子供大会で笑顔で写っている。父は道場を維持するのに苦労し、母はいろいろな仕事をしてそれを支えていた時代だ。遠くへ旅行したりお金の掛かるリゾート地へ行ったりはできなかったが、家族の思い出はけっこう充実している。

手が止まった。一枚、取り去った箇所がある。ごく最近ビニールシートを剝がして写真を外したようだった。

そのページは、幼い傑が幼稚園で豆まきをしている写真などがあるので、年少組から年長組へ移る春頃の出来事を撮ったものが並んでいるらしい。数え年で五歳か。傑は暗算して、一九九五年の春、と頭に留めた。他のページに、写真を剝がした形跡はない。押入れの中に、剝がれ落ちている写真はないか確かめた。

先日、父がアルバムを見ていた際に、一九九五年に撮った一枚の写真を剝がしたのだろうか。その時の父のようすを思い起こしてみたが、写真を取ったりはしていなかったように思えた。では、その後でまたここへ来て、写真を剝がしたのか。それとも、写真はもっとずっと以前に剝がしたのであって、今回の父の行動とは関係がないのか。そもそも、剝がされた写真には、何が写っていたのか。

気になりだすと気持ちがおさまらない。傑は、スマートフォンで母に電話を掛けた。

「はい？」

「この前の月曜日に、父さんが二階で古いアルバムを見てたんだ。それで、いま見てみると、一枚なくなってて。母さん、知ってた？」

「いいえ。どのアルバム？」

「ぼくが幼稚園の頃の。たぶん、一九九五年の春」

返事はない。母は一九九五年とつぶやきながら道を歩いているのだろう。

「母さん何か思い出すことはある？」

少し間があいて、

「写真ねえ……」

考えごとをするようにつぶやいた。傑は訊いた。

「今の父さんのようすと、そんな昔のことが、関係してるのかな?」

「さあ。どうだか」

ごまかした感じがした。思い当たることがあっても確信がないのかもしれない。傑にも確信はなかった。

「そのアルバムを台所のテーブルに置いておくから。確かめておいて」

通話を切って、父と母の若い頃のアルバムをぱらぱらと眺めた。子供の時はモノクロ写真で、学生時代のはカラーだが色が滲んでぼやけている。学生だった母は、髪型を当時のアイドル歌手みたいにしていて、傑は、これが「聖子ちゃんカット」か、と苦笑いした。

貼らずに挟んである一枚の写真が落ちた。

女子学生時代の母が男子学生たちに囲まれて写っている。男たちは地味な勤労学生ふうな外見で、なぜか皆、生真面目な表情でカメラを見つめている。背景は、どこかの大学の政治的な立て看板。他の写真と違って、半世紀前の学生運動の時代を髣髴とさせる。母は髪を短く切り、少年のような風貌で厳しいまなざしを向けている。母にはこんな学生時代もあったのだ。アルバムに貼らなかったが捨てることもできずに挟んでいたのだろうか。

「え?」

傑は、男子学生たちの一人に目を近づけた。どこかで見たことがある。断定はできないが、似ている。面影があった。今では老人になってしまっている、ということは、母とは少し年が離れている。今も学生の頃とそんなに変わっていない。先週末、児童公園の掃除をした時に一緒に車でゴミを運んだ老人だ。「せんだ屋」の千駄さん、だったか。小学校のそばで駄菓子屋をしていると言っていた。傑の名前を聞き、警察官だと知って、心のなかで何か動くものがあるようすだった。「警察官の天野」に反応したのか。父の短かった警察官時代の知り合いか。傑は母に訊こうかと考えたが、さっきのごまかしたような態度を思い出して、アルバムを閉じた。

父は、帰りが遅かった水曜日、せんだ屋を訪ねたのだろうか。町内の掃除で傑と遇ったあ千駄が、そのことがきっかけで父に何かの連絡を取ってきたということはないか。もしそうだったら、父は昨日も再びせんだ屋へ？　根拠のない妄想だとはわかっているが、可能性はある気がした。

母と男子学生たちの写真を、自分のスマートフォンで撮り、アルバムを元通りにすると、一枚抜かれていたアルバムを一階の台所に持って下りた。そのページを開いてテーブルに置き、玄関を閉め、勝手口から出た。

3　9：30　西荻窪

警視庁へ戻る前に、西荻窪に回り、小学校のそばにあるという駄菓子屋を探した。登校時間も過ぎて、静かな住宅街を行き来する人は少なかった。

『スタンド・バイ・ミー』が流れた。

筆原係長からだ。リウの動向がつかめたのか。

「お休み中申し訳ないが」

「いえ、進展がありましたか」

「電話があった。またあの妹からだ。えりか、だったか、姉が帰ってこない、天野さんに相談したい、と」

「了解しました。妹さんに連絡を取ります」

筆原から妹の電話番号を聞いた。妹の源氏名は、あすか、だった。十字路の角に「せんだ屋」の文字が入った塩ビシートの日除けを見つけたので、電話番号は一旦スマートフォンに登録しておき、駄菓子屋訪問の後で掛けることにした。えりかの件で職場へ戻る大義名分ができた。あの姉妹に助けられた思いだった。

ガラス戸を開けると、間口の狭い、奥行きのある土間に、駄菓子や玩具を入れた棚が並んでいる。店の奥に、

「おはようございます」

と声を掛けた。

男の声が、はあい、と聞こえて、奥の襖が開く。胡麻塩頭を刈り上げ、四角張った顔の、

六十過ぎの男が顔を出した。お互いに顔を覚えていた。

「やあ」

笑顔に、警戒する気配がある。

「天野です。先日はありがとうございました」

「お疲れさんでした」

「今日お邪魔したのは、お見せしたいものがあるからです」

傑はスマートフォンの画面に母と学生たちの写真を出して示した。男は目を細め、顔を遠ざけたり近づけたりした。

「ああ、懐かしいね。どうしてこれを？」

「実家にありました。この女性、母です」

「ふうん、捨てずに取ってあったか」

複雑な表情でつぶやく。

「母と知り合いだったんですね」

「郁江さんから何も聞かされていないらしいな」

だからそんなに無邪気に言ってくるのかというふうな苦い顔つきだった。傑は食い下がって訊いた。

「父が最近訪ねてきませんでしたか」

千駄は渋い表情で黙った。

「父は昨日から帰ってきません」

千駄は首を横に振り、

「水曜日に訪ねてきたよ」

と言った。父が千駄と会ったというのは突飛な妄想ではなかったのだ。

「千駄さんが父に連絡なさったんですか」

「いいや。突然、向こうから訪ねてきた。何十年振りだろう。誰だかわからなかったよ。あなたが私のことを話したのか？」

「いいえ。今朝までこの写真のことも知らなかったです」

首を傾げる気持ちだった。

「父は昨日はどこへ行ったか、ご存知ですか？」

「どこへ、かはわからんが」

考え込んで、

「直接訊いてごらん、郁江さんに。そのほうがいい。ご家族のことだから」

自分の口から余計なことは言わないでおこうと決めたようすだった。傑は、母と学生たちとの関係や、父がここに来た事情をもっと訊きたかったが、家族のことだと言われ、それならやはり母に訊くのがいいと考えなおした。

「失礼しました。先ず母に訊きます」

「その後でなら話してあげよう。年寄りは昔話が好きだからな」

千駄は、ははは、と笑った。せんだ屋を後にして駅へ戻りはじめた。母に電話してみようとスマートフォンを手にすると、『スタンド・バイ・ミー』が鳴りだした。また筆原係長からだ。傑は言った。

「これからえりかさんの妹に電話をするところです」

「多摩川河口で女の死体が上がった。羽田空港の際だ。行ってくれ」

声は緊迫していた。

「女の?」

「死体は、えりからしい。確かめてこい」

傑は言葉をなくした。筆原の声が耳を流れる。

「変死体の情報が流れてきたので、現場写真を見た。どうもえりかのようだ。妹に連絡を取ろうとしているが連絡がつかない。先にえりかのマンションに回って、妹と羽田へ同行してくれてもいい。佃大橋だったか。車を回そうか」

傑は立ちつくした。

どうしてえりかが死ななければならない? そんな必要があるのか。茫然として、思考が止まっていた。

「おい、天野？」

「え、はい、お願いします。佃大橋へ向かいます」

駅へ走りながら、えりかと、妹のあすかの携帯電話に掛けてみた。どちらも、電源が入っていないか電波の届かないところにあるのでつながらないというアナウンスが応じるばかりだった。

4　10：30　佃大橋

佃大橋の十階建てマンションの前には、路肩に、捜査用のスカイラインが停まっていた。運転席の窓が下りて芥川が顔を出した。車を回すと筆原が言ったのは、単独行動をしないように配慮してくれたのだと気づいた。

「誰もいないよ」

「部屋の中で倒れてるってことはないですか」

「管理会社に連絡入れて開けて中を確かめた」

傑が助手席に乗ると、芥川は車を出した。

「妹のあすかはどこへ行ったかわからん。とにかく死体を確かめよう」

傑はもう一度あすかの携帯電話に掛けてみたが、つながらないのはさっきと同じだった。首都高速都心環状線に上がったところで、芥川の携帯電話に電話が入った。捜査関係の報告らしい。芥川は、片手でハンドルを持ち、ふん、ふん、と聞く。電話を切ってから、

「わからない事案だねえ」

困ったように言った。

「えりかっていうあのおねえさんはニセモノだ」

「ニセモノ？　どういう意味ですか」

「おたくの資料に、えりかの出生地が水戸だって載っていたから、そこの所轄署に情報照会をしておいたんだ。そしたら、えりかは四年前、二十歳で失踪して、家族から捜索願が出てるっていうんだ」

「家出して上京したんでしょう？　いまは妹と暮らしています」

「天野さんのスマホで捜査の共有フォルダは見られる？　水戸から届いたデータが入ってるはずだから、開いてみてもらえるかな」

言われたとおりに情報フォルダにログインすると、データがあった。

あすかの本当の姉は、本名が浜井（はまい）さつき。地元の進学校を優秀な成績で卒業して京都の国際大学に進学。専攻は中国の歴史文化比較研究。中国からの留学生たちとサークル活動で親交を深めていたが、夏休みに行方が分からなくなった。

傑は添付画像を開いた。浜井さつきの写真。生真面目な雰囲気の高校生の証明写真だ。容貌はえりかと似ているが明らかに別人だった。傑は眉根を寄せた。

「姉になりすました女を姉だと言っている？　妹もニセモノでしょうか？」

「尋問しないといけないね」

芥川は運転しながら発見された女性の死体について説明した。

多摩川に海老取川が合流する河口の浅瀬に流れつき棒杭に引っ掛かった状態で今朝住民に発見された。現場は羽田神社の赤鳥居の脇だった。大田区側の岸辺なので、所轄は蒲田署になり、現場検証後、蒲田署へ移されている。傑は言った。

「死体がえりかだと確認できたとしても、身元不明死体になりますね。源氏名えりか、本名浜井さつきになりすましていた人物は、誰だったのか」

「ふりだしに戻った気分だな」

三十分で蒲田署に着いた。第一課の警部補が応対した。

死体は検視中だったが、傑たちは身元確認のために入室した。検視官は、全裸になった死体の胴体にシーツを掛けて、傑たちの目から隠した。若い女の顔は眠っているように穏やかだった。「えりか」に間違いなかった。警部補は言った。

「発見された時はきちんと服を着てスプリングコートを羽織っていました。所持品はありませんでした」

検視官は、司法解剖に回すことになるのだが、と傑たちを外へ追い立てるように手を振って、

「死亡推定時刻は午前二時前後。死因は溺死。意識を失った状態で川へ投げ込まれたようだ。開いてみればはっきりするよ。みぞおちに殴られた跡がある。それで気を失って、川へドボン、か」

通路に出て、警部補と話した。えりかと断定されたので、出生地である水戸市の実家に連絡を取って、話を聞くことにする。死体発見現場付近の地取りは進めているので、鑑取りにも入ってえりかの昨夜の動きを確認する。

芥川は言った。

「妹にはどうして連絡が取れないんだろうね？　女の死体が見つかったってニュースが出た直後に姿を消したのが解せない」

どうするかねと問う目を傑に向ける。

傑にもどうすればいいのかわからない。混沌（こんとん）とした捜査状況に突破口は見えないという気がした。いま見たえりかの死に顔が眼前にこびりついている。マリオカートで傑をやっつけて、基本技が人事なのだと言ってのけた表情がよみがえる。死ななければならない人だったのか。憤りで胸が苦しくなる。

所轄の刑事が緊張した顔で近づくと警部補に言った。

「死者の、妹だという女が来ていますが」

そこにいた皆が、ええっと声をあげたので、知らせに来た刑事は一歩退いてしまった。

警部補は慌てて言った。

「死体を確認させろ。それから話を聞く」

5　11：30　蒲田署

傑は、妹の店での源氏名が「あすか」だとは知っているが、本名など詳しいことは知らなかった。妹が死体をえりかだと確認した後、警部補と傑は、別室で事情を訊いた。あすかは、本名浜井やよい。失踪した浜井さつきの本当の妹だった。

「昨夜、姉は、店が終わる真夜中頃に、わたしのスマホに伝言を残してました」

そう言って自分のスマートフォンを出し、留守番電話の伝言サービスを起動した。えりかのささやく声が再生される。

「何だかヤバいよ。ママさんに何かあったみたいで。店の人たちがバタバタしてる。そっちも気をつけて」

緊迫した空気が感じられた。妹はスマートフォンをしまいながら、

「わたしも帰宅途中だったので伝言に気がついたのは帰ってからでした。折り返し掛けて

みたけど、電波が届かない場所にいますってメッセージで」

傑はうなずいた。

「それで今朝、警視庁に電話を？」

「はい。その後、ニュースで、羽田に女性の死体が、と。羽田空港の警察に問い合わせたら、死体の特徴が姉に似てるし。管轄は蒲田署だって言われて。ここに駆けつけました」

うつむいた。顔は蒼白で表情はこわばっている。動揺して混乱している。傑は言った。

「あなたに連絡を取ろうとしていたんです。スマホの電源を切っていましたか」

「ええ。怖くなって。誰かから掛かってきたらと思うと」

警部補は穏やかな態度で言った。

「誰かからというと？　誰を思い浮かべていたんです？」

「……わかりません。ママさんの関係者からとか……」

警部補は妹の表情をうかがいながら言った。

「レイコさんが昨夜亡くなったのは、ご存じですか」

妹は、はっと口元をこわばらせた。怯えた目を上げて警部補を見る。

「深川で、事件があって、何人か死んだ中に女の人もいたって、ネットニュースを見て。姉の伝言と併せて考えて、その予感は、ありました」

深川の事件は、現場検証と死体の搬出を秘密裡に行いたかったので、マスコミ報道は規制を掛けて遅らせていた。警部補が言った。

「レイコさんの死に、えりかさんの失踪がつながっていて、自分も危険にさらされるかもしれないから、スマホをオフにしていた？」

ええ、と重い表情でうなずいた。レイコとえりかと、同じ夜に亡くなったことが、衝撃となって今こころを襲っている。

傑は訊くのをためらったが、訊かないわけにはいかなかった。

「えりかさんは何者なんですか」

答えない。しかしここへ来た以上は、隠していたことも表に出すつもりがあるのだろう。

「あなたは浜井やよい本人ですか」

「もちろんです」

怒ったようにうなずく。

「あなたのお姉さん、さつきさんは京都の大学へ進学して失踪していますね。ここで死体になっているえりかさんは、さつきさんですか？　あなたは本当のお姉さんと東京で再会して、二人で暮らしてきたんですか？」

「いいえ」

首を振り、机上の一点を見つめた。話すのを拒んでいるのではなく、どう話そうかと頭の中で整理しているふうだった。顔を上げて傑を見た。

「姉のさつきは行方知れずのままです。わたしは、優等生の姉とは違って、駄目な落ちこぼれ。高校も中退して、家出して、東京でフーゾクなんかもして暮らしていました。えりかさんとは、そういうお店の同僚として知り合いました。ああいう職業ではお互いに無関心で友達になることはないんだけど、あの人はわたしに良くしてくれて。仲良くなって」

えりかとの絆に思いが行ったのか、すすり泣きを始めた。嗚咽を洩らしながらハンカチで涙を拭いて話を続けた。

「あの人は不法滞在者でした。それで、送還されないように、わたしの姉になりすまして、部屋もわたしの名義で借りて、生活をシェアしはじめました」

「えりかさんが警察への情報提供者になったのは、私が声を掛けたから？」

「それはそうでしょう？　わたしが変な店に引っ掛かったのを天野さんが助けてくれたのがきっかけで。でも、あなたへの感謝というより、警察が怖くて断れなかったんです。不法滞在がバレると困るから」

感情が激したように顔を紅潮させ、

「どうして？　誰が殺したんですか？」

と傑を見つめた。えりかは警察に利用されたあげく守ってもらえなかったのかと疑っている。

傑は、返す言葉はなかった。

傑は、えりかがなぜ殺されなければならなかったのかを考えている。殺したのがリウ・

ユーシェンなら、えりかは警察のスパイだからというより、殺し合いの報復合戦を続ける相手の組織のスパイだったから、と見るほうが筋が通る。えりかはそもそも、失踪した浜井さつきと入れ替わるように現れて妹に近づき、さつきになりすまして、リウ側に潜入した。その後で、警視庁公安部の情報提供者の立場を得て、公安の情報までも取り込んでいたのではないか。

「えりかさんの本名は聞いていますか？」

「チェン・ユートン。深圳（しんせん）から語学留学生として来た、と言ってました。小、中学生の頃に親の仕事で東京にいたから日本語は大丈夫だと」

本当の姉をおそらく中国へ連れていき、中国から別人がなりすまして潜入する。そんな大掛かりな工作ができる組織が存在している。

事情聴取を続ける警部補を残して、傑と芥川は通路に出た。傑は言った。

「リウ・ユーシェンを確保しなければ。任意同行ででも」

芥川は力なくうなずいた。

「昨夜も組対の監視がついてたが、まかれたそうだ。レイコやチャオが死んだと、深川署がリウのケータイに連絡して、身元確認に来るよう伝えた。その直後に、姿をくらませた。ケータイの電波も見つからないらしい」

傑の運転で蒲田署を後にした。対策の立て直しだと思うが、何をどう立て直せばいいのか。重い表情で警視庁に向かった。

6　13：30　警視庁公安部

警視庁に戻ると、傑は芥川と別れて公安部に入った。

筆原係長に蒲田署での出来事を口頭で報告し、自分の机につくと、えりかの死に顔が脳裡に浮かんだ。若い者が何人も死んでいく。これ以上の死者が出るのは食い止めたいと福澤が会議で言っていたのに。死者の列が途切れることはない。

スマートフォンにメールが入った。ソトニの金剛警部補からだ。

「こっちに来られる？」

傑は金剛の机に行った。金剛はカップから湯気を上げるミルクのようなものを啜っている。

「声を出して呼んでくれたら聞こえますよ」

「大きな声を出せないの」

「喉を痛めたんですか」

「出したら痛むでしょ」

傑はそばの椅子に座った。金剛のパソコンの脇に、アニメのフィギュアが置いてある。

戦闘スーツ姿の少女だった。

「あ、ガールズ・レンジャー。金剛さん、レンジャー世代でしたっけ」

「永遠の名作に世代なんて関係ないよ」

「正義の基本を忘れずに」

「おおっ、天野君、ガールズ・レンジャーの決め台詞を。マッチョなくせに少女マンガオタクだったの」

「教えてほしいんですが。ガールズ・レンジャーって、いつ再放送していましたっけ？」

「レンタルビデオやDVDでいつでも観られるよ」

「いや、テレビの再放送で。海外での放映だったら再放送とは言わないですが」

金剛は傑の疲れた顔を見て、

「海外での？　面倒くさいこと訊くね」

キィボードを叩く。

「八年前に、上海と深圳で。その翌年に、タイで。それぞれ現地語に吹き替えて」

「計算が合います。ありがとうございます。ところで何の御用でしょうか？」

「双頭のファントム。聞いたことある？」

「新作アニメですか」

金剛がじろりと睨むので傑は謙虚な表情をつくった。金剛はカップを顔に寄せて鼻から湯気を吸い込む。

「双頭のファントムと呼ばれている工作員、あるいは謀略チーム。中共国家安全部の所属で、存在は立証できないけど。データの量と質からいえば、単なる噂以上。シンガポール、台湾とロシアでは、実際の被害を受けたとして情報提供し、国際手配している」

都市伝説の類いですかと返したかったが、双頭の、という言葉に引っ掛かった。

「どういう情報ですか」

「例えば台湾。高雄市の事案。ある企業のデータ管理者が、取引先の相手と打ち合わせした後、車で一緒にランチを食べに出かけた。ランチの途中でその相手が席を立った。待っている間に、管理者は、会社のデータにアクセスするためのスマホ内のデータが触られているのに気づく。不審に思い、取引先に問い合わせると、そんな社員はいないし、今日打ち合わせにいく予定もないと言われる。驚いて車で会社に帰ると、さっきの相手が一人で戻ってきてデータ管理者の部屋から忘れ物を取るとすぐに出ていったと教えられる。もちろん会社の営業秘密データは盗まれていましたとさ。あ、ちなみにその人物はすごいイケメンで若かったって」

「それで？」

「犯行時刻を確かめるとおかしなことがわかったのよ。ランチの席を離れたわずか五分後に、その人物は会社に戻ってきているの。車を飛ばしても片道二十分は掛かるのに。管理者が気づいて会社に連絡する前に余裕をもって仕事を済ますつもりだったのね」

「つまり？」

「中国はとうとう、どこでもドアを実用化したってわけよ」

「双頭のドラえもん？」

「双頭のファントム。つまり、実行犯は一卵性双生児。一人はタン・シン・ヤンという名前のシンガポール人として今は新宿署で静かになってるけど」

一卵性双生児。

傑の記憶の底に、疼くものがある。時空の彼方に引っ張られる感覚が襲ってくる。傑は虚空を見つめて息をひそめた。金剛が続ける。

「調べたって、本名も国籍もわからない。そんなものは持ってないのよ。だからファントム。どうしたの、天野君」

「ええ、いや、大丈夫です。ありがとうございます」

ふらつくような足取りで自分の机に向かう。

「働きすぎ。帰って休みなさい」

金剛の大きな声が追いかけてきた。

傑は自分の椅子に座ると眉をひそめて天井を眺めていたが、スマートフォンを出して母の携帯電話を呼び出した。

「父さんは？」

「まだ」

「そう……母さん、アルバム見た？」

「ええ。お昼を食べに帰った時に、見たは見たけど？」

「剝がした写真、何だかわかる？」

「あんたがまだ小学校へ上がる前ね」

覚えていないというより言うのをためらっている。傑は虚空を睨んだ。

「ぼくは薄っすらと覚えてる。幼い双子の男の子とぼくらが写っている写真だろ」

返事はない。

「その子らが誰なのか、ぼくは知らない。いつだったか訊いたけど教えてくれなかった。

あらためて訊くよ、あの子らは誰？」

母の溜め息がする。

「父さんと母さんの、古い知り合いの、息子さんたちよ」

「詳しく教えてほしい」

「それなら電話じゃなくて」

「今から行くよ。母さんは仕事場？」

「ええ」

「そっちへ行くから」

　通話を切って、内線電話で、深川のガレージ倉庫でレイコや東浜たちが襲われた現場を検証した庁内のチームを捜した。鑑識課の男が通話口に出た。傑は訊いた。

「現場一階の鉄のドアに弾痕が残っていましたか？」

「はい。二発。天野さんに向けて撃たれたやつ」

「ドアのどの辺りに残っていました？」

「ちょっと待って」

　しばらく待たされた。

「あのね、痕跡は、ドアの下辺から、百八十一センチ。ぎりぎりドアの縁」

「高いですね」

「ドアの内側に立っていたとしても当たってないね。七人の被害者には急所に的確に撃ち込んでるから。天野さんに対しては、威嚇だな。顔を見られてるのに。プロにしては詰めが甘いね」

　礼を言って受話器を置いた。虚空を見つめる。

　やはり外して撃っている。俺のことを覚えているのか。いや、会った時、俺は五歳、あっちは三歳ぐらいだったか。覚えてはいないだろうが、今の俺を知っている。外したのはどうしてだ？　俺に何らかの感情を持っているからか。そして、この双頭のファントムの正体を、父と母が知っている。

傑は立ち上がり、公安部を飛び出そうとして、やって来た組対の音無に行く手をさえぎられた。

「すいません。急ぎます」

音無が腕をつかんだ。

「どこへ行く」

「実家へ」

「どなたか危篤か？」

「いえ。ちょっと用事が」

「馬鹿野郎。事件は解決してないぞ。警官は滅私奉公。こっちの件も急ぐんだ。ハムさんに助けてもらいたい」

組対がお願いにくるのは珍しい。

「何でしょうか」

「リウ・ユーシェンの居場所を知りたい。昨夜『愛蓮』を出た後に尾行をまかれたきり、所在確認できない。ハムさんの監視カメラ網で、頼む」

傑は筆原係長のところへ連れていった。

筆原は、リウと彼の自動車を関東圏一円でシステム探索する手配をした。音無は、

「ここの係長はケチケチしてなくていい」

と喜んだ。傑は待っている間に内線電話で捜査用車両を手配した。

「何だ？　やっぱり里帰りか」

「はあ、捜査の一環で」

「仕事にかこつけて私用をこなすのはどうかと思うが、まあ、ハムさんに借りができたことだし」

いいから行ってこい、と筆原がうなずいた。

7　14：00　西荻窪

警護車両落ちの古いスカイラインで三鷹へ走った。

母の話を聞いた後どこへ向かうかはわからないので、電車よりも車にした。

父と母と、せんだ屋の主人。二十年以上前の双子の写真。傑のプライベートな領域が、現在追う事案に、なぜ絡んでくるのか。なずなとつきあっているヤン・イーミンがリウの道場に出入りするのも偶然なのか。公と私とが、どこでどう繋（つな）がっているのか底が見えない。

首都高速環状線を走っていると車両搭載の無線が鳴った。

「天野君、そこから西荻窪へ直行できるか」

芥川だ。通話モードから、芥川も捜査車両で走っていると知れた。西荻窪と聞いて嫌な予感がした。

「できますが、どういうことですか」

「組対の要請でハムさんが所在探索してくれて。リウの居場所がつかめた。やつの運転する車が西荻窪を移動中。こっちも車を飛ばしてるんだが。ご帰宅の途中、お手間なんだが、先行できないかね」

リウの立ち回る先でまた事件が起きたら。

「急ぎます」

「GPSの追跡データを送る」

傑はナビゲーションシステムを起動した。マップ画面に西荻窪周辺が映り、リウの運転する車を示す矢印が移動している。傑の自宅アパート近くの小学校のそばだった。傑は回転灯を出してアクセルを踏み込んだ。

環八通りを北上している間に、マップ上の矢印が止まった。

拡大表示すると、駄菓子屋「せんだ屋」横の路肩だった。リウが千駄老人を訪ねている。どういうことなのか。リウに直接訊くしかない。

傑がせんだ屋の前に車をつけたのは、それから十分後だった。リウの車は見当たらない。

マップ上の矢印は再び動きだし西へ向かっていく。傑は車を降りて店先に入っていった。

「千駄さん」

返事がない。奥の戸を開けて座敷をのぞいた。壁際にせんだ屋の主人が倒れている。うつぶせに腕を伸ばして動かない。

「大丈夫ですか」

上がって確かめると気を失っていた。卓上の電話で救急車を呼んだ。

「千駄さん」

呼びかけるとうめいた。

「大丈夫ですか」

「誰だねあいつは」

弱々しい言葉が洩れた。

「どんなやつですか？」

「知らない顔だ。ごつい男が……押し込み強盗かと思ったら」

「何をしに来たんです？」

「ハダの居所を教えろと」

「ハダ？　その人物はどこにいるんですか」

「知らんよ。もう三十年以上経つ。若い頃の話だ」

「学生の頃の？」

「そうだ。あんたの親に訊けと言うただろ」

表に車の停まる音がして芥川が入ってきた。倒れている主人を見て、

「誰だね、この人は」

「この店のご主人です。リウが訪ねてきて襲いました。リウは、ハダという人物を捜しています。リウの車は？」

「三鷹のほうへ移動中だ」

「三鷹……」

救急車のサイレン音が近づいてくる。傑は主人を芥川に任せてスカイラインに戻ると、回転灯を点けたまま走りだした。

マップ上の矢印は、三鷹駅北側の一点で動かなくなった。

マップを見ながら近づいていくと、桜通りの一角に、赤色回転灯を点けたパトカーが二台停まっている。

コインパーキングに、リウの高級車が駐車してあった。緊急配備の巡査たちが取り巻いていた。

路肩にスカイラインを停めて近づいた。巡査たちはリウの車をのぞきこんでいたが、ドアはロックされて人は乗っていない。傑が身分証を見せると巡査の一人が報告した。

「ここから徒歩で別の場所へ移動したようです」

リウは自分の車が手配されていると気づいたのだろう。ここに乗り捨てたのだ。

「現在、駅周辺を捜しています」

傑はスカイラインに戻り、回転灯を片付けた。エンジンを掛けると、ある確信をもって、ハンドルを大きく回した。

8 15:00 三鷹

道場の裏手に路上駐車した。

運転席に座ったまま母のスマートフォンに通話を入れた。

「傑?」

「父さんから連絡は?」

「まだ無いのよ」

「父さんは、ハダっていう人と一緒なのか?」

母が息を呑む気配が伝わった。

「いいえ。違うわ」

「アルバムから消えた写真にはその人が写っていた?」

しばらく沈黙があって、

「傑はどこにいるの？」

と訊いてきた。

「道場のそば」

「わたしも行くから。入って待ってて」

傑はスカイラインの発信するＧＰＳが芥川たちをここに導くだろうと考えて、車を降り、勝手口へ回った。

鍵が開いていた。戸を引くと、土間に、父の履き古したシューズがある。別に、革製の紳士靴が脱ぎ捨ててある。傑は気配を探りながら静かな道場へ入っていった。

道場で父の謙作とリウ・ユーシェンが向き合っていた。

父はジャージの上を脱ぎ、Ｔシャツに素足。リウは、上着を脱ぎ、シャツとズボン、靴下を履いたままだった。二人の間に満ちた殺気は、もう後戻りできない濃密さを孕んでいる。傑は、止めようがないと感じながら近づいた。傑の気配を察しても、二人とも相手から目を逸らさない。

「リウさん」

傑が呼ぶと、リウは言った。

「壺屋流を学ばせてもらう」

父は黙ってリウの手足を見ている。

「ハダという人物の居場所を教えないから、力ずくでも、ですか」

傑は言葉で割って入ろうとした。しかしもう手遅れだ。格闘家同士の闘争心が激しく燃えているのを感じて、脇へ退いた。

父もリウも対峙したまま動かない。

リウの春秋拳は敵の攻撃を受けて制する拳法だった。父はそれを知っているのでうかつに仕掛けない。リウは相手が出てくるのを待っている。数秒が流れた。リウは誘うように右へ移る。父は目だけで追う。リウは足を止め、薄笑いを浮かべた。相手の力量を見切ったというふうだった。リウはいきなりズカズカと無防備に父に歩み寄った。父は表情を変えずに後退る。リウは助走なしに跳躍し拳で父を襲った。人を殺すほどの威力だ。目まぐるしい接近戦が始まった。お互いに攻防を入れ替え繰り返していく。気合を籠めた声が飛ぶ。達人同士の互角の争いだった。

傑には、主導権は父が気づかないうちにリウに握られているとわかった。父は自分が思うとおりに打ち込んでいると考えているが、リウの型に嵌められているのだ。傑が池袋で対戦した時と同じだった。春秋拳は、攻められているようでいて、実は自分の型に誘い込み、攻撃を読み、とどめを刺すという究極の受け技なのだ。父は夢中で攻めているつもりで、リウの最後の一撃を被る結末に向けて、将棋のように詰められつつある。

この流れを覆すにはどうすればいいのか。傑はリウの動きを食い入るように見つめる。父の裂帛の勢いにリウは退いていく。リウを壁際に追い詰めて、父は渾身の正拳突きを胸元に入れた。傑はその先を読んで、

「あっ」

と顔をしかめた。

リウは左手のひらで父の突きを受けてわずかに逸らし、すれ違いざまに右肘で父の喉を横ざまに打った。父は、ぐうっと奇妙な声を洩らして仰向けに倒れ、大の字にのびた。

「父さん」

半眼になって意識を失っている。リウは殺気を放ったまま父を見下ろした。

「そこまでです」

傑は言った。

「警察が事情を訊くためにあなたを捜しています。私と同行してください」

リウは傑を見た。

「おまえはハダの居場所を知っているのか」

「いいえ。しかし警察も捜しています」

ふん、と鼻で笑った。

「俺は俺で捜す」

「あなたを逮捕します」

「止められるか？」

リウは悠然と道場の端へ歩いて自分の上着に手をのばした。傑は言った。

「止められます。あなたの拳法のスジは、もう見切りましたから」

リウは上着を離して傑に向いた。瞳に憤怒の炎がある。昨夜レイコが射殺されてから、この男はもう冷静ではないのだ。荒れて猛り狂い、進む道を見失い、破滅へとひた走っている。傑は、父の両脇を抱え上げて道場の端まで移した。

「父さん」

ううん、と唸る。傑はジャンパーを脱いで父に掛け、道場の中央に立った。

「あなたは、えりかさんの死に関係していますか」

傑の声にも憤りがあった。リウは向き合い、

「時間稼ぎをされても困る」

言うやいなや踏み込んできた。傑は右の拳で迎え打ち、防がれると左足の蹴りを出したが、それも防がれた。手のひらで胸を打たれ、吹き飛ばされて後方に倒れた。背中に痛みが走る。

リウは時間の無駄だという目で一瞥し、きびすを返した。

傑は体で確信した。右の拳を打った時に、リウは、次に左足の蹴りを出させるように、

そうなる型で受けたのだ。以前の自分とさっきの父はその流れにすっかり嵌まってしまった。こちらの動きを包み込んでくる相手の拳法を打ち破ろうとして、上級者の技を繰り出し、変化をつけようと考えたからだ。それがかえって型に嵌められる。

「あなたを見切りました。逃げられませんよ」

傑は立った。リウは振り向いた。

「しつこい。死ぬぞ」

怒気のあふれる顔で、両腕を前に出して誘うように構える。傑は正拳でまっすぐに突いた。リウはまたかという表情で防ぐ。傑は左足の蹴りを出して防がれ、リウが突いてくる手を左腕で逸らせた。ふたたび左足の蹴りを防がれたが、更に左足で蹴る。防いだリウの左脇腹に隙が生じた。傑は正拳でまっすぐに突いた。左手で捌きながら半歩下がるリウの左半身に隙が広がる。

見切ったと言っているのに。

傑は隙など攻めず、正拳でもう一撃する。相手に合わさず、壺屋流の最も基本の型を崩さずに、そのままもう一撃。リウの体幹が前後に揺らぐ。傑は渾身の力を籠めて正拳をみぞおちに直撃させた。拳に手ごたえがない。逆に、傑はみぞおちに衝撃を受けて吹き飛んだ。床に、くの字に折れて横たわった。腹部が痺れ、息ができない。傑は、苦しそうに顔をしかめ、どういうことだというふうにリウを見上げた。

「おまえは俺には勝てない」

リウは冷厳な顔で傑を見下ろした。

9 15：30 三鷹

勝手口から人の足音が入り乱れて入ってきた。芥川が巡査たちを率いて踏み込んでくると、道場のようすを見渡し、リウに近づいた。

「リウ・ユーシェン、不法侵入と公務執行妨害の現行犯で逮捕する」

リウは振り返り、群れなす警官を睨みつけたが、おとなしく芥川の前に立った。

巡査たちがリウを取り囲んで連れていく。

「大丈夫か」

芥川は傑に声を掛けた。傑は手をついて上半身を起こし、震える息を吐いた。

「なんとか……」

芥川は壁際へ歩いた。父が胡坐をかき、目頭を揉んでいる。

「天野さん、ご無沙汰しています。芥川です」

父は芥川を見上げ、

「ああ、お元気そうで」

と言った。まだ頭がぼんやりしていて、芥川を思い出せていないふうだ。芥川は、

「良い息子さんをお持ちですね。では」

と離れ、傑の耳元で言った。

「リウは本庁に連行するよ」

「お願いします。すぐに後を追います」

芥川を見送って父に近づいた。

「父さん、大丈夫？」

「ああ」

薄暗い場所なのに眩しそうに目をしばたたいた。頭頂部の髪が薄くなり、白髪も増えている。年を取って小さくなったように見える。芥川たちの気配が遠ざかり、傑と父だけが道場に残った。

「父さんどこへ行ってたの？」

謙作は、ううん、と言葉を濁す。傑はその前に胡坐をかいた。

「ハダっていう人と会ってた？　あの、双子の写真の関係者？」

謙作は打たれた喉を揉みながら、脱ぎ捨てた自分のジャージを目で示した。

「ポケットに写真が入ってる」

傑は写真を取り出した。父がアルバムから剝がして持ち歩いたせいで皺が寄っている。

二十年以上経って色褪せたスナップ写真だった。

二つの家族がいる。

五歳の傑と七歳の兄と、二十八歳の母。

母より年上の男と、母と同世代の女、傑よりも幼い、三歳位の双子の男の子たち。

仲の良いひとつの家族みたいに集まって笑顔で写っている。双子は一卵性双生児らしく、瓜二つで、美しい人形のような顔立ちだった。傑の父が写っていないのは、シャッターを押していたからだろう。

傑は自分のジャンパーからスマートフォンを出して写真を画像保存した。

母のアルバムに挟まっていた学生たちの写真の画像を表示して、顔を確かめる。せんだ屋の主人と並んで、後に双子の父親になった男の顔があった。傑は男の顔を拡大して謙作に示した。

「この人だね」

他の学生たちより年上に見える。母とは五、六歳離れているようだった。痩せぎすで美男。聡明で知的。意志の強そうな眼光を放っていた。

「羽太博文（はたひろふみ）。本名はリー・ボエン」

謙作は言った。

「昭和の終わり頃に、留学生として東京に滞在していた。中国共産党直属の対外連絡部の職員だった。下火になっていた日本の学生運動を立て直し、中国共産党のシンパを増やして、インテリジェンス活動を組織化する目的で、日本人の学生や若者を集めていた」

「この写真は？」

「中日青年友好文化交流会。間口の広いサークル活動でカモフラージュして人集めをしていた」

「母さんも？」

「軽いノリで誘われて入った短大生だった」

父さんも交流会に所属していたの、と訊きかけて、新宿署の芥川が言ったことを思い出した。

新米巡査だった父は、芥川と同じ交番勤務だったが、どこかに引き抜かれたのか、すぐに異動していなくなった。交番勤務時代には友人で同期だった福澤が遊びにきていた、と。

福澤は初めから公安畑を歩いていた。つまり、若くて顔を知られていなかった父は、交番勤務から公安部に引き抜かれて、潜入捜査員となり、学生になりすましてリー・ボエンの主宰する文化交流会に内偵に入ったのだ。おそらく、福澤が外から監視し、潜入した父と連絡を取り合い、見守ったのだろう。

「それで？　リーはどうなったの？」

「警視庁公安部の働きで、インテリジェンス組織としての交流会は壊滅。リーは姿を消した」

　謙作は、持ち歩いた写真に視線を落として続ける。

「父さんは警察を辞めてこの道場を継いだ。母さんと結婚しておまえたちが生まれた。ところが、リーから突然連絡が来た。姿を消して八年が経っていた」

「リーはどうやってここを知ったの？」

「その頃母さんはタウン紙の仕事をしていた。道場の宣伝を兼ねて、夫婦で取材に応じたんだ。リーは、記事をたまたま目にした、と言ってきた。リーは本国に還って職を辞した後、雑貨品のバイヤーになって日中を行き来して儲けていた。中国人の奥さんとの間に、双子の男の子も生まれて。お互いに、民間人として人生も変わったことだから、昔のいきさつはきれいに忘れて、これからは家族ぐるみで友人になりましょうと言ってきた。まあ、リーは、母さんの持っているタウン誌の人脈や情報が自分の商売に役立つという計算もあったんだろう。うちは歓迎したよ。遺恨なんか無いから。リーは家族連れでここへ遊びに来た。その時の写真がこれだ。覚えてないか」

　傑は首を横に振った。町の道場であるうえに、父も母も人づきあいが良いので、人の出入りは多い。五歳の時のその記憶はない。

「家族ぐるみのつきあいが続いたのなら、ぼくも覚えているはずだけど」

「すぐに途切れた」

「どうして?」

謙作は、写真に付いた皺を指で押さえて消そうとする。

「うちに訪ねて来てくれた時に、今度どこかで外食しましょうという話になった。それで、日をあらためて、母さんが銀座のレストランにランチを予約した。お互いに楽しみにしていたんだが。リーたちは来なかった」

「何があったの?」

「その日の朝、地下鉄サリン事件が起きた」

一九九五年三月二十日のことだ。幼稚園児だった傑も、当時のテレビ中継や騒然とした世の中の空気をぼんやりと覚えている。

「後で断片的にわかったことをつなぎあわせると、おそらくこういうことだ。たまたまリーの奥さんが地下鉄に乗り合わせていて、サリンの被害に遭った。他の被害者と一緒に、病院へ緊急搬送されたが、軽症と見られた。リーは奥さんから連絡を受けて病院へ駆けつけたようだが。奥さんは病院からいなくなっていた」

謙作は傑を見た。目に凄惨な影が浮かんでいる。

「警視庁の公安が、奥さんを病院から拘引したんだ。地下鉄テロの重要参考人として。本庁や所轄署ではない、どこか別の場所に拘束して尋問したらしい」

「奥さんはオウム信者だった?」

「いいや。まったく関係がなかった。公安は、元工作員だったリーの行動を監視していた。リーも奥さんも、中共の工作員だと疑われていた。地下鉄テロは中共の仕業(しわざ)かもしれないと疑われて」

「見込み違いだ」

「まったくの見込み違いだった」

「リーさんたちは怒っただろうね」

「奥さんは死んだ」

「え?」

謙作の言葉が途切れた。傑は、写真の女性を見た。母と並んで笑っている。三十歳前か。双子はこの人の遺伝子をもらったのだとわかる、美しい女性だった。

「尋問中に?」

謙作はうなずいた。

「サリンの効き目は軽症に見えていたが、途中で重症化してきた。警察は、演技だろう、ぐらいに思って、病院に戻さなかった。意識を失ってようやく都内から離れた病院へ運び込み、死亡すると後は隠蔽(いんぺい)工作だ。報道では、ビジネスホテルで睡眠薬自殺をした女は、多額の負債を抱えた中国人の雑貨品バイヤーだった、と。奥さんは地下鉄サリン事件の被害者に数えられていない」

「酷いな」

「あの日、うちは、何か知らんが大混乱している都心で、兎に角、約束していたから銀座に出掛けた。しかしリーの一家は時間になっても来ない。連絡も取れない。仕方なく食べはじめて、食べ終わっても、結局、現れなかった。リーとのつきあいはそれきり途切れた。リーは、公安の手が自分と子供にも迫るのを感じて、本国へ逃げ帰ったんだろう」

傑は謙作の目をのぞきこんだ。

「父さんはどうしてそういう事情を知ったの？」

「サリン事件の翌日の夜、リーから電話があった。その一度だけだったが。リーは言ったよ。妻がサリン事件のどさくさに紛れて公安に殺された。君は今も公安とつながっているのか、と。とんでもない、何があったんだ、力になれることがあれば助けるから、会おう、と言ったが、電話は切られた。それで、福澤や昔の同僚に訊いたが、部外者には多くを語らず、だった」

謙作は話し終えし疲れたというふうに肩を落とした。

「それで？　父さんは今週、何をしてるの？　何を知っているのか教えてくれないと、この事件は収拾がつかないんだ」

謙作はふらふらと立ち上がり、ジャージを取り上げる。

「日曜日に双子の一人が死んだ。リーを捜していろいろ訪ね歩いたが結局どこにもいない」

　傑を残して歩いていく。

「父さん」

「疲れた」

「まだ事件が」

「関係ない。これ以上リーを追うな」

　階段を上がっていく足音がした。後を追うか迷い、リウ・ユーシェンの尋問に先ず立ち会おうと決めた。ジャンパーを手に勝手口へ進むと台所に人の気配がする。

「傑、お茶でも飲んでいけば？」

　母だった。食卓で自分のお茶を注いでいる。

「父さん、二階に上がったよ」

　天井を目で示した。郁江は湯呑みをもう一つ取ってお茶を注ぐ。傑は向き合う椅子についた。

「父さんが教えてくれた」

「ここで聞いてたわ」

　傑は熱いお茶を啜る。

「リーさんから最近になって連絡があった？」

「親を尋問するつもり？　サリン事件の日以来、消息は聞かないわ」

郁江はお茶を飲んで遠い目になる。

「羽太さんも、生きていれば、還暦を過ぎてるのね」

「母さんは交流会のメンバーだったって？」

「そうよ。ふわふわしてたから、政治的なことには深入りしなかったけど。サークルの看板娘ってとこかな。マドンナ的な存在」

ふふ、と思い出し笑いをする。

「自分で言うかな。リーダーのリーさんと付き合ってたんじゃない？」

「喫茶店でお喋りする程度にはね。頭のいい人だった。コンピューターに堪能で、通信技術の研究もしていた。いま思うと、政治的なほうに誘導しようとしていたのね。でもね、そんなところに、一人の青年が現れたの」

「父さんだな」

郁江は真剣な表情でうなずいた。

「父さんはわたしのために警官を辞めたのよ」

「どうして？　道場を継ぐためじゃ？」

「潜入した組織のメンバーと恋仲になって、その気持ちを貫いたから。だから母さんも交流会とはきっぱり縁を絶った。福澤さんが父さんのお手柄を独り占めしちゃったけどね」

傑は、その後のリー・ボエンの歩いた道を思いやった。地下鉄サリン事件をきっかけに、リーと双子の息子たちはその後どう生きて、どんな経緯で「双頭のファントム」になったのか。

「父さんと母さんにはまだ訊きたいことがあるから」

「いつでもどうぞ」

傑はお茶を飲み干して立った。

10　17：00　荻窪署

芥川に連絡すると、リウ・ユーシェンは荻窪署に拘引されていた。西荻窪のせんだ屋への家宅侵入と暴行致傷の容疑だった。尋問してえりかの死に関係しているとなれば所轄の蒲田署が身柄を扱うことになる。芥川は全ての事案を一括して取り扱うため警視庁に引っ張っていくつもりだったが、事は思うように進まないらしい。新宿署の課長が、ゴールデン街のナイフ男の他に容疑者が出るのを嫌って、芥川を援助しないのだ。

荻窪署は青梅街道に面した七階建ての警察署だった。夕暮れの道路をライトを点けた車が往来している。

傑はスカイラインを警察関係車両用の駐車場に置いて、裏口から入った。リウは取調室にいた。隣りの部屋からマジックミラー越しにようすを見た。所轄の一課の刑事が尋問している。芥川はミラーのこちら側で眺めていた。傑と同教場だった男が荻窪署の一課にいて、巡査部長ながら第一線で活躍している。その男が芥川の横で尋問を食い入るように見ていた。傑が肩を叩くと、

「お、本社のハムさんまでが」

驚き、あらためてリウを見つめた。

「うちのナンバーワンが取り調べをするっていうから、いったい何だろうと思ってたんだが。誰だいあのおっちゃんは」

「今週起きた幾つもの事件の大元になっている人物だ」

「大物だな。うちの容疑は単なる別件で、この後すぐに本社へ持っていっちまうつもりだな」

話していると芥川が、

「天野さん」

と呼んだ。

「出番のようだ」

リウを指さし、

「ご指名だ」

傑はミラー脇のスピーカーに近づいた。リウの太い声が聞こえる。

「ここへ来ているだろう。隣りからのぞいているんじゃないのか」

対面している刑事が言った。

「呼んだらどうする？　正直に話すのか」

「まあそうだ」

「ふん。警視庁公安部の？」

「天野だ」

刑事は精一杯上からの態度でふるまっているが貫禄でリウに押されている。リウの威圧的な目に追い立てられ、席を立って廊下に出た。傑たちのいる部屋に入ってきて、

「天野さんて方は？」

と見まわした。傑は前に出た。刑事は言った。

「駄菓子屋の件を先に訊いてもらえたら早く引き渡せるんですが」

「やってみます」

傑は代わって取調室に入り、リウの向かいに座った。リウは、まるでアルバイト希望者を面接する経営者のように鷹揚にうなずいてみせた。

「リウさん、せんだ屋のご主人に何をしたんです？」

「俺を見切った、と言ったな。どういうことだ？」

「リウさんが勝ったじゃないですか」

「紙一重の差だった。俺をあそこまで追い詰めたのはおまえだけだ。春秋拳の弱点をどう見切ったんだ？」

こっちこそ、あの正拳突きをどう切り返したのか教えてほしい、と言いそうになって、ぐっと口を閉じた。ひと呼吸置いてから、

「そんなことで私を呼んだのですか」

冷たく聞こえるように言った。リウは気に入らないらしく、不採用を言い渡す経営者の顔になった。

「俺は、司法取引きを申し出る。こんなところに足止めしてないで、それなりに扱え」

「取引き？　何を知っているんです？」

「国家が家族を蹂躙する一部始終を、だ」

「具体的には？」

「ここでは言わない。正式に協議を申し入れる。警視庁へ移して、弁護士と検察官を呼んでもらおう」

「警視庁への移送は、先ずこの管内で起こした事案について話してからです」

リウはゆっくり首を横に振る。

「すべては、ひとつながりだ。筋道立てて話してやる。ここでは駄目だ」

「警視庁でならすべてを話しますか」

「話す。司法取引きで」

傑は席を立って隣りの部屋に戻った。同教場だった巡査部長が怒って言った。

「おい、あいつの言いなりだろ。振り回されてるじゃないか」

所轄署の捜査員たちも不機嫌になっていた。傑は言った。

「簡単に口を割りませんよ」

「それを割らせるのが仕事だ。うちがやるからいいよ」

壁の電話が鳴った。巡査部長が受話器を取って、はい、と聞き、え、と表情をあらためた。受話器を置き、

「公安部長代理の福澤警視長が来られました。お迎えにいってまいります」

急いで出ていった。傑たちは顔を見合わせた。わざわざ捜査トップの警視庁幹部が出て来たのは、リウの存在が一連の事案の要になっている証しだった。芥川はそっと笑みを浮かべた。福澤のひと声でリウは警視庁に移送されるだろうと考えたのだ。傑はミラーの向こうを見た。司法取引きなどと言うがそんな材料があるのか。国がどうとかいう話を、リウは以前にもしていたが。警察を翻弄して捜査の綻びに乗じようとしているのかもしれない。リウは腕組みをしてじっと壁を見つめている。

11　17：30　荻窪署

巡査部長に案内されて福澤が入ってきた。

「ご苦労様です」

皆に声を掛け、傑に、

「いちばんの大物だからな。この機を逃さず一気に解決を図りたい」

だからやって来たのだというふうにうなずき、ミラーに寄った。

「彼がリウ・ユーシェンか」

傑は福澤の厳しい横顔を見た。

「リウは、司法取引きを望んでいます」

「取引き？　いったい何を？」

「警視庁に移して協議の用意をしろと要求しています」

福澤はリウを見つめながら考えている。

「どうしますか？」

福澤は、傑や所轄署の捜査員たちに視線を流した。

「要求通りにしてやろう。ひょっとすると刑事事件の枠を超えて、われわれ警察の出番がなくなるかもしれんが」

　巡査部長が訊いた。

「では、移送の準備を？」

　福澤はうなずく。

「各所轄の事案も警視庁で一括して取り調べる」

　傑は巡査部長に言った。

「逃走に充分な警戒が要る。護送車を貸してください。私が同乗します」

　福澤が、

「署長に挨拶して書類を整えよう」

と言い、巡査部長の案内で部屋を出ていく。傑は取調室に戻った。リウが目を向けてきた。傑は椅子についた。

「警視庁に移します」

　リウは意外そうな色を浮かべた。

「手回しがいいな。上の許可は取ったのか」

「心配は無用です。準備をしています」

　上の立場の人間がここへ来ているとは言わなかったが、傑の確信ありげな態度に、リウは探るような目を向けてくる。傑は訊いた。

「ところで、せんだ屋やうちの道場のことはどうやって知りましたか」

「あるスジからだ」

「スジ、なんていうのは、われわれ公安関係者の使う隠語です」

「それより、春秋拳を見切ったとはどういう意味なんだ」

「誘いに乗らないということです。相手に合わさずに、つまりあなたの受け技に合わさずに、基本の型の通りに攻めました。基本を忘れずに、ということです」

「技に合わさずに？」

リウは険しい顔になって考え、ふっと笑った。

「なるほどな。そうやって俺を追い込んだのか。だが、それだけでは駄目だ。春秋拳の極意はそんなところにはない」

「わかっています。敗けましたから」

「何度戦っても春秋拳は破れない」

凄みのあるまなざしをぶつけてきた。

ドアが開き、巡査部長が顔をのぞかせた。

「移送します」

制服警官が五、六人入ってきて、リウに手錠、腰紐を掛けた。芥川も入り、それを見守った。腰紐の一方を傑が自分の右手首に固定すると、警官の一人が、

「行くぞ」

と促した。

巡査部長が先導し、芥川がリウの前を歩いて廊下を抜ける。

裏口から警察車両の駐車場に出た。日が落ちて暗い場内を、照明灯が陰影深く浮かび上がらせている。リウの後ろを傑、周りを制服警官が警護し、最後尾に福澤と署長らしき男がついていた。

護送用のワンボックスカーが停まっている。サイドドアが開け放されていた。

護送車に近づいた時、そばのパトカーの陰で人影が動いた。警戒する間もなかった。無言で飛び出してきた若い男がまっすぐリウの胸元へ突き進んだ。

サバイバルナイフの鋭利な刃が灯火に光る。

殺気立った形相。ヤン・イーミンだった。リウを神だと言った壺屋道場の若者が激しい殺意でリウに向かっていく。リウは片足の位置をずらせて身構えたがヤンは素早かった。傑は腰紐を引いたが間に合わない。ぶつかってきたヤンの脇腹にリウの蹴りが食い込んだ。二人の体は縺れて倒れた。傑は腰紐に引っ張られて前にのめった。コンクリートの地面に転がったヤンの耳の下から黒い血しぶきが噴き上がる。すばやく膝をついて起き上がったリウは、手錠を嵌めた両手で、奪ったサバイバルナイフを構えていた。ヤンが血の中で痙攣する。リウは腰紐を握る傑を見た。

「ナイフを置け」

傑は叫んだ。リウの殺気が傑に殺到する。光る刃が下から突き上がってくる。傑は体をひねったが、リウの狙いは蹴りなのだと気づいた時には、膝蹴りで腰を打たれ、背中から倒れてしまった。避ける暇もなくナイフの刃が振り下ろされる。リウのその腕が横へ弾かれた。福澤が飛び込んできて押し退けたのだ。リウはナイフで福澤に向かい、避けた福澤を蹴りで吹き飛ばした。傑は倒れたまま腰紐を引き、リウが福澤を襲うのを防いだ。

傑が立ち上がると、ナイフを持ったリウがこちらへ向かってきた。

素早く胸を突いてくる。その道筋を読んでぎりぎりのところで避けた。リウの右膝を、傑は左足で蹴ろうとしたが、リウは車と車の間を後退する。このままではリウの誘いに絡めとられてしまう。リウの背後の壁が、自分の敗北と死の決着点になる。リウの受け技に合わせずこちらの基本の型を守るというだけでは勝てないのだ。

リウは傑の蹴りを受けながらじりじりと退いていく。不気味な無表情で、ナイフを自分の腹の前で構えている。リウの背後に行き止まりの壁が迫る。

リウの支配を崩すためには。

一瞬でもかまわないから、リウに見えない瞬間を作るしかない。

傑は跳躍してリウにしがみついた。近すぎてナイフを振るえない。

リウは体を入れ替えようとしたが、傑の右手首に繋(つな)がる腰紐が、車のサイドミラーに巻きついた。二人はもつれあってコンクリートの地面に倒れた。リウの肋骨（ろっこつ）が折れる響きがあった。ナイフを持った腕を押さえた。

「大丈夫か」

芥川が叫ぶ。

先に立ったのはリウだった。傑は太股を踏まれて動けなくなった。リウが苦しげにつぶやく。

「あと一歩だったな」

刃が真っ直ぐに振り下ろされる。警官たちが、動くな、と叫び拳銃を抜こうとする。

銃声が響いた。リウの左の眼窩（がんか）に黒く穴が開き、血が溢れ出た。体ががくんと揺れ、斜めに傾ぎ、傑の横に倒れ伏した。

傑は上半身を起こした。

地面に落ちたナイフ。リウの死体。血に沈むヤンの死体。

唖然とする警官たちの中で、福澤は硝煙を上げるリボルバー式拳銃を下げる。悔恨の表情でリウを見下ろしていた。

12　21:00　警視庁公安部

防犯カメラや公安の監視カメラから照合された映像が、時系列でつなぎ合わされてディスプレイに映し出されていく。

昨夜の真夜中、銀座の繁華街の道路を走り抜ける高級車。リウ・ユーシェンが運転し、助手席には、えりかが乗っている。

十分後、十五号線浜松町二丁目交差点を南向きに走る同じ車。

更に五十分後、十五号線東蒲田二丁目交差点を北向きに走る同じ車。車内のようすはよく見えないが、画像解析で、最後の映像には、運転席にリウらしき人影はあるが、助手席に人はいないと判別できる。

警視庁公安部第二公安資料係。筆原係長の机上のパソコンで傑はそれを確かめた。筆原は言った。

「三鷹駅そばのパーキングに駐車したままの車内から、えりかこと自称チェン・ユートンの毛髪が出た。日頃から乗っていた可能性はあるが、状況証拠になり得る。死亡の直前まで一緒にいたリウがえりかの殺害の容疑者だ」

被疑者死亡。そばの椅子に腰掛けている福澤が、

「申しわけない」

と肩を落とした。傑は驚いて首を横に振る。

「助けていただかないとリウの刃を避けることはできませんでした。私の責任です」

ヤン・イーミンは壺屋道場生だった。福澤も共に稽古し、ご飯を食べに連れていくこともあった。傑は暗い顔で、福澤が引き金を引いたのは、ヤンが斬られたことへの怒りもあったかもしれない。

「ヤンはどうしてリウを狙ったんでしょうか。それに、どうやってリウの居場所をつきとめたのか」

独り言のようにつぶやいた。筆原も同じ表情だった。福澤が言った。

「ヤンはリウの道場に通って、すっかりリウに心酔していたというじゃないか」

傑は妹のなずなを思い浮かべた。ヤンとつきあって行動を共にしていたのは、なずなだ。ここでまた自分の家族が事件に絡んでくる。自分は捜査から離れたほうがいいのではないか。

筆原が言った。

「まとめてみよう。幾つもの事案の背後にリウ・ユーシェンがいたのは間違いない。始まりは三年前だ。リウの弟のズーハンが死んだ。インテリジェンス組織の工作員に、企業秘密の売買に利用されて殺された。ユーシェンは、報復するために、その工作員につながるルートの情報をどこかから手に入れた。おそらく、輸入業者だった小矢代からか。その後、レイコが見つけてきた明日葉を使い、企業秘密売買の場を用意して罠を仕掛けた。現れたタン・シン・ヤンを、ピークデンキのトイレで、チョウとウーに殺害させた。先週の日曜日の朝のことだ。報復は上手くいったと思えたが、そうではなかった。工作員は、一人ではなく、二人だった。

傑はうなずいた。羽太博文ことリー・ボエンの双子の息子たちだ。筆原は続けた。

「横浜から海外へ逃げようとしていたチョウとウーを、双子の生き残りが、川崎で射殺した。チョウとウーをかくまっていたゴローは、チョウにナイフで殺されたが、どうもゴローは、二人をかくまいつつ、そのことを他へ洩らしていたんじゃないかと思われる。だからチョウに殺されたのかもしれん」

傑は言った。

「ウーは、嵌めやがって、と言っていました。ゴローが他に洩らした疑いもあったでしょうが、自分たちが切り捨てられたと思って怒ったのかもしれません」

筆原はうなずいた。

「リウに裏切られたという意味だな」

「はい。その後が、浅草の騒ぎです。レイコは、明日葉や東浜たちを使って、相手側をおびき出そうとしましたが、逆に、深川のガレージ倉庫で、レイコも含めて皆殺しにされました」

　筆原はディスプレイの高級車の画像を指さし、

「逆上したリウは、えりかを連れ出して川へ投げ込んだ。何かを聞き出そうとしたのかもしれない。えりかは浜井さつきになりすましていたチェン・ユートン。ファントム側からリウへ送り込まれた潜入工作員か」

　となると、ファントム側は、以前から、リウが報復のために自分たちについて調べたり動いたりしているのを知っていたことになる。

　いずれにせよ、二つのグループ間の報復の殺し合いは、リウ・ユーシェンの死で、終止符が打たれた。だが生き残った双子の片方と、父で司令塔のリー・ボエンとを捕まえなければ捜査は終わらない。

　死者たちがどちらかのグループに属していたのなら、リウ・ユーシェンを襲って返り討ちに遭ったヤン・イーミンはファントム側の刺客だったと考えられる。中国のインテリジェンス組織が工作員をこの国のどこまで浸透させているかは想像できないほどだ。

「死んだヤン・イーミンの周辺を探ってきます」

　傑は立ち上がった。壁の時計は夜の九時を指している。福澤が言った。

「帰って休め」

「しかし」

「リウは死んだ。報復合戦はあちら側の勝ちだ。これ以上犠牲者は出ないだろう。明朝から、ファントムとやらをしっかりと追いかけろ」

「目的を達したから日本を出るかもしれません。急がないと」

「今夜は他の者に追わせよう」

傑は訴えた。

「私に追わせてください。子供の頃に会ったことがあるんです。羽太ことリー・ボエンと双子の息子です」

福澤は首を横に振る。

「ファントムが彼らだという確証がない」

慈しむ目で傑を見た。

「休んで、疲れを取るんだ。無茶をしても得ることは少ない」

亡くした息子の翔馬を、傑に重ねているのだろうか。

「……では、そうします」

と答えて部屋を出た。

13　22：30　三鷹

　ヤン・イーミンの実家は三鷹駅の南東にある。昔からの住宅街の一角で、行ってみると夜更けにもかかわらず路上に若者たちが集まっていた。ヤンの実家の門前に、知らせを受けた友人が駆けつけてきたのだ。壺屋道場の門下生たちもいた。傑に気づいて挨拶をする。浦池卓司がいた。傑に近づき、険しい顔でささやいた。

「ヤンは警察で刺されたって聞いた。どういうことだ？」

「捜査中で、まだ言えない」

「池袋で春秋拳の道場にも出入りしていたそうだ。そこの連中とトラブったんじゃないのか」

「フェイクを広めるなよ」

　門前にたたずんでいる若者たちが、さっと左右に割れた。中から十人ほどの若者たちが出てきた。目つきが鋭く、戦闘的な雰囲気を発している。春秋拳の道場生や半グレの仲間だろうか。周囲を睨みながら路上に列をなして停めた車に乗り込んだ。

「おまえらが殺ったのか」

壺屋道場の若者が言葉を投げた。ドアを閉めようとしていた男が聞きとがめて路上に降りた。

「何だと」

「おい」

卓司が言葉を投げた若者の前に出て制し、男に頭を下げた。

「池袋へ来い。教えてやらあ」

ドアが閉まり、太い排気音を立てて、車は連なり走り去った。

傑は不穏な空気を分けるように門を潜り、玄関に立った。戸や襖は開け放されて、奥の座敷にヤン・イーミンが寝かされ、家族が座っている。

上がり框になずなが立っていた。蒼ざめて、表情は強張っている。傑はうなずいてみせたが、なずなの目は険しい。傑を非難し、拒んでいる。兄さんはあの人を殺した側の人間なんでしょ。胸中の叫びが聞こえた気がした。

Ⅶ　土曜日

1　土曜日　12：30　新宿駅前

　翌日の土曜日は、朝から曇り空で湿度が高かった。いよいよ梅雨入りかと思わせるが雨は降っていない。傑は朝ゆっくり起きて、昼過ぎに新宿へ出た。

　ピークデンキの階段を上がり、階段脇のトイレに立った。長かった一週間の始まりの現場だった。今は完璧に洗浄されて血痕のシミひとつ残っていない。死体のあった個室をのぞくと、現場写真の青年の顔が目の前に浮かんできた。美形だがどこか寂しそうな風貌だった。三歳の時に道場に来て、五歳だった自分と会っていたはずだ。

　青年の顔に幼い双子の顔が重なる。すると、記憶の蓋が開いたのか、傑の中ですっかり失われていたはずの思い出が、自然にするすると引き出されてきた。

　空手を始めたばかりだった傑は、教えてあげると言って、双子の前で基本の型をしてみせ、やってごらんと勧めた。双子は手足を振ったが、一人がひっくり返って背中を打ち、泣きだした。傑は抱き起こしてあやし、その子をおんぶして道場を走りまわった。もう一人もねだるので交代しておんぶして走った。背中でキャッキャッと笑っていた声がよみがえる。スグルにいちゃん。男の子たちははしゃいで笑い、息を切らせていた。

その後、家族は壊された。母親が日本の公安に殺され、父親と双子は中国国家のインテリジェンス組織で「双頭のファントム」と呼ばれる工作員になった。

「その挙句にこんなところで……」

便座の脇の小さな荷物台に、白い薔薇の花が一輪置かれている。隣りの個室にはないのを確かめ、傑は花に顔を寄せた。花弁はみずみずしく、置かれてから時間は経っていないと思える。壁の清掃記録カードを見た。一時間ほど前に掃除されていた。白薔薇が供えられたのはその後らしかった。

まだ都内に留まっているのか。

花を見つめていると、階段の踊り場から、

「天野さん」

と呼ばれた。新宿署の芥川だった。

「昼飯食べに出たついでに寄ったんだ。君も一件落着の報告に来たね」

「はい。そんなところです」

「うちの課長が推してたナイフ振り回し男、仙台で捕まって送られてきたよ」

「どうでした？」

芥川は苦笑いする。

「駄目駄目。初めから違うとわかってただろ。それよりも、チョウとウーがここから横浜へ逃げた時に使った車が見つかってね。横浜漁港から逃走した白いワンボックスカー」

「盗難車でしたね」

「二人がここから横浜へ逃げる途中でも防犯カメラに映っていたよ。車内と、チョウの頭髪とを、科捜研で徹底的に調べたらさ、どちらからも、ここのガイシャのと一致するDNA反応が出た。返り血を浴びて服や靴を替えたんだろうが、微量の血が付着したままだった。これをもってようやく被疑者死亡で捜査終了だ」

傑は白薔薇を指さした。

「芥川さん、あれ」

芥川は引き寄せられるように花の間近に寄って、ほおっと息を吐いた。

「こんな危ないことせずにさっさと国外逃亡するべきだがね」

芥川は体を起こして傑に向いた。

「まだ東京にいる。ということは、まだやることが残っている？」

芥川は死体のあった個室に手を合わせて、くるりと背を向けると小便をした。傑は言った。

「やり残したことって何でしょう?」

「さあねえ」

傑は芥川と階段を下り、路上で別れた。別れ際に芥川が思い出したように言った。

「そうそう、トンチーが」

「レイコさんの」

「世話する人間がいなくなって。私が引き取ることにした」

芥川は複雑な表情を浮かべる。

「ひとつの家族が消滅したんだね」

2 　10:30 警視庁公安部

傑は、警視庁公安部の自分の椅子に戻り、午後は、溜まりに溜まった報告書と書類の作成といったデスクワークに専念した。事件の全体像を整理できるかと期待しながらキイボードを叩いたが、細部に欠けた箇所が幾つもある。

「資料の補完が必要だ」

独り言をつぶやいて、書き上げた報告書を筆原係長の机へ持っていった。

「ご苦労。とりあえず今日この後と明日はゆっくり休んでくれ」

決裁の印をついて引き出しにしまった。

傑は自分の机に戻って、パソコンをもう一度起動した。公安部の資料フォルダを開き、今回の事案の関係人物に、「（死亡）」と付け加えていった。

チョウ・イーヌオ（死亡）、ウー・チュインシー（死亡）、ゴローことファング・チンハオ（死亡）、えりかことチェン・ユートン（死亡）、レイコことワン・チェンシー（死亡）、リウ・ユーシェン（死亡）、タン・シン・ヤンこと身元不明者（死亡）。死亡と打ち込むことで死者の列を資料のうえで整理していく。それが済むと、レイコの備考欄に「夫を亡くし死因を事故死とした警察には不信感を抱くようになった」、リウの備考欄に「中国旅行中に鉄道事故で妻子を亡くしたことがきっかけで母国と日本とのはざまで帰属意識に揺れがあったとみられる」と付け加えた。更にリウの備考欄に打とうとして、手が止まった。

「国家が家族を」

どう続ければいいのかわからず、バックスペースキィで消した。

疑問が疑問のままで残っている。

羽太ことリー・ボエンの息子たち「双頭のファントム」は中国の国家安全部に属するインテリジェンス機関の人間である。リウ・ユーシェンはチャイニーズマフィアと関係しているといっても個人だった。国家が個人に向けてスパイを送り込んだり優秀なチームに対抗させたりするだろうか。

人けのない公安部でぽつんと座って考え込む。広い窓の外に広がる皇居の緑は曇天で薄暗くなり、いつからか小雨が濡らしている。梅雨が始まったのかもしれない。

3　18：00　三鷹

午後の五時には退勤して三鷹の実家へ向かった。

実家に置いてある喪服に着替えて、ヤン・イーミンの通夜に参列するつもりだった。母がお茶漬けを出してくれたので掻き込み、二階に上がって子供の頃のままの自分の部屋で畳に胡坐をかいた。捜査資料からコピーしてきた電話番号に通話を入れた。庁内では掛けられない話だった。

「はい」

男の声が応じた。本牧南漁港の第八八宝丸の船長だ。

「水曜日にお会いした警視庁の天野です」

「ああ、何ですか」

声が用心深くなる。

「小矢代さんにお訊きしたいことがあります。連絡はあなたを通して、とおっしゃっていたので」

「ああ、あの人、しばらく海外に滞在するって。日本にいませんよ」

「そうなんですか。ちょっとお訊きしますが。小矢代さんは、水曜日にお会いした時に、私が訪ねたから命を狙われるとおっしゃっていました。あっち側にも追っつかれる、と。小矢代さんはあっち側からいつも監視されていたんでしょうか」

「あの人はそんな言い方をしていたよ」

「あっち側というのは中国の何かの組織みたいですが」

「さあ。詳しいことは言わなかったな」

「それとは別に、何か他の組織なり勢力なりがあるようにも言ってました。あっちだけじゃない、とか、あっちよりも怖い、とか。わかりますか?」

「いいや、それは、全然」

「私の訪問が知られてまずいのは、そっちの組織のほうに、でしょうか。何か聞いていませんか?」

「聞いてないですよ。あの人も俺も、実際そういうところには深入りしていないから」

面倒くさいというふうに言い捨てた。

「ほんとに知らないんだよ、巻き込まないでくれ」

4 19：00 三鷹

斎場は駅近くの寺院だったた。日本式の通夜と葬儀を営むらしい。町なかなので駐車場は少なく、通夜の始まる七時には路上に車が並んだ。昨夜と同じように、参列者の多くは二十歳前後の若者たちだった。路上や境内に目つきの鋭い大人が立っている。ヤンがリウ・ユーシェンを襲い逆に刺殺された。その背後関係を調べて人の出入りを観察する捜査員たちだった。

傑が子供の頃に遊んだ地元の寺で、何度も通夜や葬儀に参列した所だった。傑は焼香を済ますと、境内にたたずんで、明るい堂内を眺めた。

ヤンの遺影は、背広にネクタイで真面目な表情だ。就職活動のために撮ったもので、立派に撮れているだろうと自慢げに見せびらかして、道場の門下生たちにからかわれていた写真だった。

境内の暗がりから、なずながそれを見つめている。傑が近づくと、頰の線を強張らせて横を向いた。怒りと拒絶。妹はいつまでも警察官の兄を許さないかもしれない。傑が言葉を見つけられないでいると、なずなは言った。

「ヤン君は自分で壺屋流の道場を開きたかったのよ」

感情を抑えた声だった。

「壺屋流が一番強いって言ってたわ」

「あいつ、春秋拳の道場にも通ってた。そこの会長を神だと」

「違う。あれは修行の一環。誰かに勧められて」

「誰かって？」

「知らないわ」

なずなはこれ以上は口をききたくないというふうに離れていった。傑は暗がりに取り残されてぼんやりと立ちつくしていたが、父の謙作が焼香しているのに気づいた。ヤンの母親に悔やみを述べ、深々と頭を下げて、境内を戻っていく。傑は追いついた。

「父さん」

謙作は、ああ、と足を止め、遺影を振り返った。

「まだ二十三か。酷(むご)いな」

独り言のようにつぶやいた。傑は言った。

「リー・ボエンがまだ都内に潜伏しているはずだ。父さん、リーの居所はわからなかったって言うけど、見当はつかない？」

謙作は首を振る。

「昔の関係先を巡ってみたが。町も住んでいる人もすっかり変わってしまって」

「なぜリー・ボエンに会おうとしたの？」

謙作は肩を落とした。

「お悔やみを言いたかった」

周りの捜査員たちを見て、

「早くこの国を出ろ、とも言ってやりたかった」

うつむいて足早に歩き去った。

参列者は焼香を済ませて帰っていき、人影はまばらになってきた。境内で道場生たちがかたまって声を落として話している。

「焼香は？」

背後から訊かれて振り向くと、福澤部長代理が立っていた。喪服姿だった。

「済ませました」

「待っていてくれるか。少し話そう」

そう言うと参列者の後尾について焼香台に向かう。傑は辺りを見まわし、福澤が一人で来たのだと気づいた。

焼香を終えた福澤は、境内を出て、コインパーキングに停めてある自分の車に戻った。

「西荻窪まで送ろう」

着替えが実家に、と言おうとしたが、少し話そうと言われていたので、

「ありがとうございます」

助手席に乗り込んだ。

5　20：00　三鷹

財布、スマートフォン、家の鍵は喪服のポケットに入れていた。他の物は明日実家に取りに行けばいい。明日は日曜日だ。ゆっくり休みたかった。

福澤は車を走らせながら言った。

「報告書は読ませてもらった」

「ありがとうございます」

「報告書に君の不満が読み取れてね」

穏やかに笑い、

「君が知りたいことを、私の持っている情報で補えたら、と考えた」

「恐縮します」

傑の目に鋭い光が宿った。福澤はカーナビで周辺の地図を表示して町なかの道路をゆっくりと走らせていく。

「胸が痛むな。若い人の死は」

ぽつりと言う。傑は言った。

「ヤンも、えりかも、チョウも、ウーも、死んだ者はほとんどが二十代でした。ピークデンキのトイレで殺された男も」

福澤は一人息子の翔馬を二十歳で亡くしているからこういう事案をどう感じているのだろうと思った。

「去年が翔馬君の七回忌でしたね」

「早いものだ。時の流れは年を取るとどんどん加速する。この頃はこんな事案に気持ちが弱くなっていかん。引退の潮時かもしれんな」

交差点を左折し、住宅地を静かに走る。傑は言った。

「資料係として今回の事案で不満なのは、こちらの情報が洩れている点です。リウは警察のつかんだ情報を利用して行動していた節があります。それだけではなくて、ピークデンキの防犯システムの仕様書まで手に入れるなんて、個人の力では無理です」

福澤は、うんうんとうなずく。

「それで、具体的に、お訊きしていいですか」

「どうぞ。そのためにこうしている」

「私が横浜でリウの飯店から筆原係長と通話で打ち合わせた後で、福澤のおじさんから電話が掛かってきました。私の動向は、同じ部屋にいた係長から報告があるか、係長にたずねるかすれば知れるはずです」

「そうだったか？　連絡がまだ私に伝わっていなかったのかな」

「それほど急いで私の動きを知る必要がありましたか」

「いや、あれは、次の日に道場に行けるかを訊こうとしていたんだったか」

「私が係長に伝えたのは、今から漁港に行くという情報でした。その後、漁港ではチョウとウーが船に潜んで私を待ち構えていました」

福澤は黙っている。バックミラーで、ちらと後方を確かめた。傑は続けた。

「ヤンは、誰かに言われて、春秋拳に入門したと聞きました。拳法を学ぶためというより、リウ・ユーシェンを見張るために、つまり、情報を得るために潜入した」

福澤は黙ったままだ。

「でも、ヤンは情報の提供を求められるだけでは済まなかった」

車は角を曲がり、住宅街の狭い道へ入り込んでいく。福澤は暗い道に目を凝らしている。

傑は言った。

「ヤンは死ななければならなかったんですか？　おじさんはヤンを捨て石のように使い捨てたんですか」

「どういうことだ」

「荻窪署でヤンにリウを襲わせたのは、おじさんがリウを射殺するつもりだったからですね。ヤンが返り討ちに遭うのは想定内だったんですか」

車は住宅地の人けのない道を進み、コンクリートの車止めを立てて行き止まりになっているところまで来た。井の頭公園の縁だった。何かの施設の高い壁の脇で、福澤はエンジンを切ってライトを消した。

「ヤンには申し訳ないことをした」

前方の木立ちの闇を見つめて言った。

「リウの反撃が素早過ぎた。想定外だった。ヤンは傷害未遂で済むはずだった」

「リウ・ユーシェンは、おじさんの何だったんですか？」

福澤の頰が歪む。笑ったのだ。

「傑君は、優れた資料係だ。欠けたところを補うだけでなく、欠けた部分に真実があるとわかっている」

「リウは、公安の、いや、おじさんの協力者だった」

「リウは、レイコを殺られて、暴走した。壊れてしまった。あれほどの大人が。だが、家族を亡くしつづけてきたからな。司法取引きなどと言って、どこへ向かって何を言い出すか。危険だった。公安部の活動が日の下に晒されるところだった」

「双頭のファントムを壊滅させるために、リウを協力者に仕立て上げたんですか」

「弟のズーハンを神戸で殺されたから、リウは協力を惜しまなかった。それどころか、積極的過ぎた。国家権力が後ろ盾になっていると思ったようだ」

「リウは私に、この国の正義に従順でありたいと言っていました。でもおじさんは、リウを完全には信用せずに、一方でヤンを潜らせておいた」

「それが最後に歯止めとして利いた」

福澤はハンドルを指でコツコツと叩いて、

「私と、羽太博文ことリー・ボエンとは、因縁がある」

「若い頃の中日青年友好文化交流会への潜入捜査ですね」

「父さんから聞いているのか」

「地下鉄サリン事件の日のことも」

「あれは事故だった」

「リー親子は事故だとは思っていないでしょう。リーの奥さん、双子の母親を、その日、おじさんが、死なせましたね」

「やつは報復として翔馬を殺した」

「それは、信じられません」

福澤の横顔には何かに取り憑かれた異様な凄みがある。頑なな狂気だ。リーと福澤の個人的な確執がすべての事件の背景なのか。福澤は傑を見た。瞳には漆黒の炎が揺らいでいる。

傑は言った。

「弟のズーハンと仕事をしていた小矢代という輸入業者がいます。監視されているので公安部の私が訪ねてくると困ると言いました。リーに監視されているのかと思いましたが、別の方面だと言います。中国のほうだけではない。別のほうが怖い、と。しかし、小矢代は兄のユーシェンとはそれほどつながりがない。絡みがあったのはズーハンの件です。そこを考えると、三年前の神戸の企業秘密売買も、公安部、つまり、おじさんの手で仕組まれていた、となります。ズーハンも、ゴローも、おじさんの協力者だった」

福澤は否定せず、悔しそうな横顔になった。

「やつは、リー・ホエンは、公安部の計画を崩壊させた。協力者も消された。しかし私は翔馬の仇だけは討つ」

「これは私闘だったんですか」

「呼び方はどうでもいい。リーにはまだやることが残されている。私もだ。力を貸してくれ」

福澤はまたバックミラーを見た。

「行こう」

ドアを開けた。車を置いて公園の木立ちのほうへ歩いていく。

私闘に力は貸さない。傑は胸中でそう答えた。

福澤の後ろ姿が暗がりに消えていく。孤影というにふさわしい。見ていると、じっとしていられなくなった。傑はドアを開けて後を追った。

車止めを越えて、短い石段を下りると、木立ちに挟まれた遊歩道が左右に続いている。遊歩道を横切って更に斜面の石段を下ると、左右に長く延びた池がある。ひょうたん池だ。池の端には桜の古木が並び、木々の下を細い道が通っている。福澤は左右を見て、細い道を歩きだす。

左手には、木立ちの斜面、細い道と並行する遊歩道、静かな住宅街。右手には、葉桜の並木、池の暗い面。

傑が追いつくと福澤は言った。

「こんな仕事をしていると、私生活なんてものはない。傑君は私闘だと言うが、この戦いで手に入るのは、私個人の平和ではない。安寧秩序の維持だ。外の組織に揺さぶられたこの国の体制を回復する。体制の維持こそが正義。国家の安定と個人の幸せはひとつだ」

傑は黙っていた。

「国家の安泰と家族の幸福もひとつだよ。翔馬はあいつらの正義に殺された。リーの妻と息子の一人は我々の正義に殺された。正義と正義の戦いは永遠に続く。均衡が破れれば、国だけではなく家族の幸せは崩壊する」

「私は警察官です。法を守ります」

「公安が目指すのは一刑事事件の解決ではない」

福澤は足を止めた。

前方十メートル、街灯の届かない木陰に、男の影が立っている。福澤は拳銃を両手で構えた。油断なく待ち構えていたのだ。男のほうが速かった。男の手に音もなく銃火が閃き、福澤は二、三歩退いて片膝をついた。倒れない。喪服の下に防弾チョッキを着こんでいる。

傑はそばの木の陰に身を隠した。

そこにもう一人の男がいた。

ナイフの刃が鈍く光った。光の筋が傑に迫る。尋常でない速さだ。傑はその光跡の行方を見切った。ナイフを持った男の腕をつかみ、体を入れ替えて男の背中に密着する。回る勢いで男の腕を木の幹にぶつけるとナイフが飛んだ。目の前に男の顔がある。暗がりに白く浮かぶ。トイレで死んでいたのと同じ美しい青年だった。

「スグルにいちゃん」

クスクスと笑いながら親しげにささやく。切れ長の目が笑う。戯れているのか。しかし全身から冷厳な殺気が溢れている。スグルにいちゃん。たった一日だったが三歳の双子は傑になつき、そう呼んだ。

そばで銃声が響く。福澤が発砲したのだ。親しげな空気は凍りつく。青年の腕に力が入って傑の動きを跳ね返そうとする。傑は青年を抱きかかえて、池に飛んだ。生ぬるい水に包まれる。水中でもみ合いながら沈んでいく。傑の手から青年が逃れた。傑は腹を蹴られて水を飲み、意識をなくした。

Ⅷ　日曜日

日曜日　8：00　警察病院

ベッドの上で目を覚ました。

「気がつきましたか。お名前をおっしゃってください」

看護師がのぞきこむ。

「天野、傑です。ここは？」

「警察病院の救急搬送室です」

「警察病院……中野の？」

「はい」

井の頭公園がある吉祥寺駅から五つ目の中野駅のそばだ。救急車で運び込まれたのだろう。

「何時ですか」

「日曜日の午前八時です」

ひと晩意識を失っていたのだ。

医師が来て、ベッドに座らされ、触診を受けた。床に降りて歩かされ、またベッドに寝かされた。検査を受ける時に着る病衣を着せられていた。

「頭は痛いですか」

「少し。鈍く」

「昨夜、脳をスキャンしましたが、異常はなかったです。ようすを見ましょう」

「頭を打ったんでしょうか」

「池に落ちて、池の端に這いあがったところで倒れていたそうです。水を飲んでいました。呼吸困難や酸欠状態があったとしたら、頭痛はその名残りでしょう。どこも悪くはないようです」

「一週間前にも頭を打ちました」

医師は心配するよりも破顔した。

「丈夫な頭をお持ちです」

医師が出ていくと入れ替わりに筆原係長が入ってきて、看護師に席を外すよう頼んだ。傑は上半身を起こした。

「申し訳ありません。部長代理はご無事ですか」

　筆原は傑の耳元に口を寄せた。

「昨夜、住民から、銃声のような音が聞こえたと通報があった。そばの交番からひょうたん池を見にいくと、池の端に死体が二体あった。リー・ボエンと部長代理だった。リーは部長代理の拳銃で胸を撃たれていた。部長代理は、背中をナイフで刺されて。刃が心臓に達していた」

「部長代理が亡くなった？」

「そうだ。何があった？」

　おじさんが、と口の中でつぶやき、茫然と虚空を見つめていたが、筆原に促されて池の端で起きた出来事を説明した。福澤が車内で話した内容は黙っていた。福澤に自宅へ送ってもらう途中ひょうたん池に寄ったのは、ヤン・イーミンが同じ壺屋道場の門下生なのでこれからどう対応するかを相談するためだったと言っておいた。

　筆原は言った。

「部長代理の防弾チョッキに留まっていた銃弾はスミス＆ウェッソンの四十口径だ。川崎と深川で使われた銃から発射されたのと同じ弾だ。リーがサプレッサーを装着したヘッケラー＆コックUSPタクティカルを持っていたと推定できるが、それが現場から見つからない。天野を襲った男がナイフで部長代理を殺害し、リーの銃を持ち去ったらしい。緊急配備を敷いているが」

筆原が慌ただしく出ていった後も、傑は上半身を起こしたままで、ぼんやりしていた。運転席を降りる福澤の顔がまぶたに残っている。何ものかに取り憑かれた顔。死に取り憑かれていたのかもしれない。

スグルにいさん、とささやく声が耳底に残っている。三歳の時に一度会っただけでは覚えていないだろうに。リー・ボエンが双子にあの日の思い出を繰り返し語ったのだろうか。青年がひょうたん池から傑を引き上げてくれたのかもしれない。

看護師が戻ってきた。父と母、なずなが案内されてきた。普段は仕事場に引き籠っている兄の肇までが後ろについてきている。

「傑」

父が声を掛ける。遠くから探るような呼びかけだった。傑は笑ってみせた。

「大丈夫。どこも問題はないって」

父は、そうかという顔で安心してうなずいた。子供の頃から練習で気を失うことはあったので慣れているふうだった。

「父さん、福澤のおじさんとリー・ボエンが亡くなったよ」

父は、

「ああ」

とだけつぶやいた。

Ⅸ　その後

1　警視庁公安部

　ピークデンキの殺人を発端とする一連の殺傷事案は、警視庁に捜査本部を再統合し、全体の整理に入った。

　三年前にリウ・ズーハンが死亡したことに恨みを抱いた兄のリウ・ユーシェンが、企業の営業秘密を売買するリー・ボエンと双子の息子にその恨みの矛先を向け、息子の片方を殺害、そこから火がついて双方の報復合戦となり、多くの死傷者が出た。捜査していた警官も巻き込まれて負傷、殉職した。

　警視庁が把握した概要はそうだった。一人生き残った双子の片方を全国に緊急手配したが、行方は知れなかった。

　リー・ボエンが福澤警視長に向けて撃ったヘッケラー&コックの銃はひょうたん池の底

から見つかった。科学捜査研究所の検査で、一連の射殺事件に使用された弾丸が発射された銃器であると断定された。

警視庁内の噂では、撃たれた福澤公安部長代理は、一階級特進で警視監待遇になるという。真相を知る者がいるとすれば、そんな幕の下ろし方は許せないところだが、傑は沈黙していた。資料に補足を加えることもなかった。ひとつ付け足せば、それに欠落している部分をまた補足しなければいけなくなる。欠落と補足の連鎖は繰り返されて、けっきょく完璧に補完されずに終わる。すべてを知る福澤が死んだ以上、そうなるのは目に見えていた。

庁内のロビーで組対二課の音無とすれ違った。欠落した部分の闇はこれからも闇のままだろう。

「おう、不敗神話、たいへんだったな」

部長代理まで殺られて気の毒に、という顔だ。傑は元気なく頭を下げた。

「ところで、音無さん、教えてもらえませんか」

「何を？」

「ピークデンキの事案が発生する前から、組対さんは、リウを監視していましたが。あれは？」

「ああ、あれは、定期観察だったか」

傑はささやくように、

「組対が公安を見張っていたんじゃないですか？」

と訊いた。音無は辺りを見まわした。

「ふん、鋭いな。確かに上からの命令だ。ここの雲の上で偉いさん方が何をしてるか、俺たちにはわからんのさ。命令のままに調べてデータを上げるのが俺たちの仕事だ」

そう言い残して歩き去った。

傑には、もうひとつ引っ掛かっていることがあった。

ピークデンキの事案を追っていた水曜日。夕方、マルマル室で会議に出ていた時、傑のスマートフォンに、非通知の無言電話が掛かった。どこからの電話だったのか、わからないまま過ぎてしまった。今になって、そんなささいなことも気になった。

筆原係長の許可を得て、事案の資料補完に必要だとして、通信業者に着信履歴の照会をした。しかし当該の時刻に傑のスマートフォンに通話記録は残っていなかった。そんな通話そのものがなかったということだ。少なくとも日本国内の通信業者からの通話はされていない。インテリジェンス組織では通話記録の残らないシステムを実用化しているという噂を聞いたことがあるが、確かめようがない。

「ファントムからの通話だった」

傑は独り言ちた。

2　三鷹

次の週末。一週間降り続いた梅雨は中休みで、地面は湿っているが空には青空がのぞき、さわやかな風が吹いた。

昼過ぎに、傑は母と二人で、井の頭公園に行き、ひょうたん池のほとりにたたずんだ。福澤とリー・ボエンが倒れていた場所に、それぞれ一輪の白い薔薇を供えた。母はどちらでもしゃがみこんで合掌し、長い間目を閉じ頭を垂れていた。

リーの倒れていた木陰に、昨夜までの雨に打たれ、萎れた白薔薇の花びらが落ちている。供えられたものか。おそらく三、四日は経っている。傑は黙ってそれを見下ろしていたが、ふと、どこからかクスクスと笑う声が聞こえたようで、思わず辺りを見回した。

母と並んで池に沿った遊歩道を道場の方角へ歩いた。

「羽太さんも気掛かりだろうね、息子を一人残して逝ってしまって」

母は暗い顔でつぶやいた。傑は言った。

「父さんがもし羽太さんに会えていたら、羽太さんも福澤のおじさんも死ななくて済んだのかな」

「さあ。二人とも今更、後戻りできたかどうか、わからないわねえ」

「父さんは、死んだ息子のお悔やみを述べて、早く日本から去るように言うつもりだったって」

「父さんそんなこと言ってたの？」

母は、ちらと傑の横顔を見た。

「母さんにはわかるわ。父さんはね、羽太さんに会って、うちの息子を巻き込むな、殺してくれるな、って頼むつもりで捜していたのよ。俺の家庭を壊すなって。会えなかったけど、その気持ちは通じていたみたいね」

木立ちの向こうの、池を回り込んで少し開けた場所に、人が集まって楽しそうに笑いさざめいている。赤と金の色彩が風に、はためいている。紅蓮の炎の中を昇る金色の竜の旗だ。

「おお、あそこに、応援団長がいるぞ」

男が叫んでいる。ほんとだ、と皆が声を上げている。

「おおい、傑、仕事が休みになったのかあ」

大声で訊いてくるのは、浦池卓司だ。傑は手を振った。

「同窓会は今日だったんだ。あいつら、もう酔っぱらってる」

すぐるー、あまのくーん、と皆が呼んでいる。

「あ、あいつ、おかあちゃんとデートしてやがる」

誰かが怒鳴り、母は吹きだしてしまった。

「いい年して。あの子ら、昭和のバンカラだね」

「令和の馬鹿どもだよ」

昇り竜の応援団旗がひるがえる。

「すぐるー、走ってこーい」

母に背中を叩かれた。

「行っておいで」

傑は苦笑いすると、日の射す木立ちの間を駆けだした。

この作品は徳間文庫のために書下されました。
なお本作品はフィクションであり実在の個人・
団体などとは一切関係がありません。

徳間文庫

警視庁公安部第二資料係天野傑

（けいしちょうこうあんぶだいにしりょうがかりあまのすぐる）

2020年6月15日 初刷

著者 今宮新（いまみやあらた）
発行者 小宮英行
発行所 株式会社徳間書店
東京都品川区上大崎三−一−一 目黒セントラルスクエア 〒141−8202
電話 編集〇三（五四〇三）四三四九 販売〇四九（二九三）五五二一
振替 〇〇一四〇−〇−四四三九二
印刷 製本 大日本印刷株式会社

ISBN978-4-19-894568-8 （乱丁、落丁本はお取りかえいたします）